譚莉英醫師 著

徒手整形

——五官輪廓提升術——

增訂版

萬里機構

推薦序

在二十一世紀，隨着社會進步，人們生活水平提高，對自己的容顏外表也關心起來。有先天遺傳或後天因素而導致顏面或整體骨骼變形的人，也希望能矯正過來。經中醫譚莉英教授多年的臨床工作經驗，以徒手整形解決了很多人士的煩惱。

在進行徒手整形調整時，有宏觀概念及結合中醫斷診學，辨別是否患有肝、腎虧損、脾胃虛弱和氣滯血瘀等問題，進行全方位調整才能達致良好的效果。譚教授認為人體是一個有機整體，構成人體的各個組成部分之間，在結構上是不可分割的，在功能上是相互協調、相互為用，在病理上也是相互影響的。

譚教授的徒手矯形復位術，融匯中醫筋傷學、中醫骨傷學、中醫正骨術、經絡復位術、美式整脊術、日式骨骼矯正術、韓式經筋塑形術之要訣。在二十多年的臨床工作中，解決了很多追求標準身形人士的煩惱。她認為中醫有責任使徒手整形效果持久有效。單純運用現代醫學外科整容手術除了創傷外，都未能取得優良的效果。中醫學非常重視人體本身的統一性、完整性及其與自然界的相互關係，所以譚教授認為人體是一個有機整體。

《聖經》馬太福音第九章記載主耶穌基督在世上時，曾徒手治好癱瘓病、血漏病、瞎眼的和不能言語的人們。

對徒手整形有興趣的人，本書能給他們一個良好的提示。

馮克明

MBE FHKIE, Life Senior IEEE

前香港國際電訊董事總經理
前香港浸信會醫院總經理
香港浸信教會執事
香港工程師學會會員

增訂版序

收到出版社的通知,《徒手整形——五官輪廓提升術》一書大賣,建議我再出版增訂版,接獲消息後,一口答應了。

在增訂版內,加入了徒手整復身軀形態的元素,這是源於病人群組中,要求改善身形的要求不計其數,通過徒手整形,除了能將身形馬上作出改善外,同時亦可提升健康指數,避免因結構欠佳而對身體產生健康威脅。

由於抗疫關係,很多朋友以手機和電腦作伴,結果在不知不覺間造成龜背頸的問題。頸伸、頭垂、上背隆起,除有礙觀瞻外,也令患者出現肩頸疼痛、頭暈頭痛、手麻、心跳加快、情緒不穩、睡眠欠佳、心悸、心慌和血壓上升等一系列問題。透過徒手整形的方法,可改善結構移位、錯位、勞損等問題,讓經絡、氣血與臟腑功能即時獲得改善。試想像,如出現肩關節移位或脫臼,最直接且簡單的方法,是將結構復位,否則無論投下甚藥,也只會藥石亂投。

曾有長短腳的患者,兩腿長度相差兩厘米,而且經常腰痠背痛,膝關節疼痛無力。由於雙足平衡欠佳,經常扭傷腳踝。經檢查後,原來患者盆骨向右方前旋,呈左右高低不均狀態,於是出現長短腳。經徒手整復後,盆骨馬上回復正常位置,長短腳的問題即時獲得改善。這名患者由於膝關節長期被壓迫,所以韌帶鈣化並出現黏連,繼續進行徒手按壓與整復。最後,疼痛不單消失,還喜獲增高 1.5 厘米,從此告別高跟鞋。

這套徒手整復技術,除了針對人體結構、筋膜和韌帶等軟組織為單位,還以經絡和穴位為主導,對結構的修復,除了有立竿見影之效,還可同時調整臟腑功能,有助強身健體、延緩衰老和衰退之功效。

既然《徒手整形——五官輪廓提升術》大受歡迎,希望在增訂版也將身軀結構改善術的徒手整形方法跟大家分享,有助大家提升健康,齊向健與美出發。

自序

於 1996 年，我是第一位在香港實施針灸美容的中醫。在針灸美容的過程當中，我發現原來要調整好臟腑功能，才可以獲得持久及穩定的美容效果，因為有諸內形諸外。所以在 1999 年時，除了使用針灸外，我還結合了內服中藥，即是內服同時外在使用針灸，這樣獲得的美容效果不只持久而且顯著。

持續施行這種療法，直到 2007 年，我發現原來在某些情況下，例如結構移位、頭骨走位或臉骨走位，是會令經絡堵塞，令到局部氣血不通、穴位堵塞。這樣，所屬的營養氣血水分就無法帶動到局部。例如頸椎病，我們心臟在胸腔，腦及顱臉在頭頂，患頸椎病時猶如運送過橋米線的橋斷了，米線送達不了，等於營養送不到去頭面，結果無論我們如何努力用針灸或內服中藥，都未必能達致理想效果。接着我埋首鑽研解剖顱腦神經及閱讀許多參考書，並做很多研究，就發現原來徒手、用一雙手就可以改善臉形結構、頭骨、頸骨，甚至脊骨、胸骨，從而提升美容效果。在鑽研及實踐過程當中，慢慢發現原來徒手處理臉骨時，除了可即時提升臉形外，還可以改善太過扁塌的鼻子，或做到 V 面、腦後見腮，甚至改善額頭不平均、凹凹凸凸等問題，亦可改善陳久的創傷而令骨塊或骨縫移位走位的情況。

就是如此，我總結了 2008 年至 2017 年此十年的經驗，慢慢把自己的心得、手法結合，寫出這本徒手矯形的作品。

目錄

徒手整形
與中醫整體觀念

近年來，隨着社會進步，人們生活水平提高，審美觀念也跟着變化，整個社會對顏值的關注度愈來愈高，從而帶動了整形市場的火爆，各種各樣整容理念層出不窮。徒手整形作為整形方法的一種，也受到了極多關注。它主要針對先天遺傳或後天因素而導致氣血虛弱、氣滯血瘀而引致的經絡受阻，繼而令顏面或整體骨骼變形和移位。如：生病、生活習慣與工作環境導致慢性肌肉勞損，以及壞情緒心理導致長時間緊張，引發肌肉僵硬或韌帶鬆弛而導致慢性骨骼移位、骨細胞異常增生、骨塊變形，久而久之使很多女性的臉部及軀體形狀發生改變，從而形成大小臉、顴骨高、顴弓寬、下巴歪、高低眉、高低肩、雞胸駝背、骨脊移位和長短腿等情況出現。

徒手整形需要針對人的骨骼、關節、肌肉、經絡、筋膜、皮膚、脂肪、整體外觀、黃金比例和心理進行全方位調整，才能達到良好的效果。針對這些問題，我獨創了徒手矯形復位術，融匯中醫筋傷學、中醫骨傷學、中醫正骨術、經絡復位術、美式整脊術、日式骨骼矯正術、韓式經筋塑形術之要訣。在二十多年的臨床工作中，運用此法解決了很多愛美女士的煩惱。

但是，既然從事中醫工作，我就有責任讓讀者的徒手整形效果持久有效。如果單純運用現代醫學整容手術觀念，如：顴骨大，就削骨；鼻樑塌，就墊塊膠，還有些徒手整形師認為哪個部位大，就在那部位使勁壓或者用整骨槍猛打，除了創傷外，都取不到好效果，即使當時觀感有所改善，不用幾天，骨頭又反彈回來。

本書從中醫整體觀出發，認為人是一個有機整體（即統一性和完整性），身體每一個部位都是相關聯的。中醫學非常重視人體本身的統一性、完整性及其與自然界的相互關係，它認為人體是個有機整體，構成人體的各個組成部分之間，在結構上是不可分割的，在功能上是相互協調、相互為用，在病理上也是相互影響的。因此，我們在進行徒手整形調整時要有宏觀概念。舉例說大小臉的問題，還要看看是否有脊柱側彎、骨盆傾斜、腿部有沒有長短腳，若結合中醫斷診學，則要辨別是否患有肝、腎虧損、脾胃虛弱和氣滯血瘀等問題。骨骼形態和位置挪動了，亦要檢查附着相關肌肉、韌帶、關節、關節腔、滑液分泌、經絡、血管與神經等是否過度僵硬或鬆弛，這些都有助評估徒手整形後的穩定性。有些人調整後，碰到驚嚇緊張等情緒心理，也可引致骨骼位置出現反彈，故此，若無恰當的操作、鞏固和保養方法，必定前功盡廢。

徒手整形
最常見的 Q & A

1 甚麼是徒手整形？

「徒手整形」是以中醫學、解剖學為基礎，以整形矯正的各種按摩手法，加上人體藝術審美等多門學科的綜合運用，通過物理手法直接作用於局部尤其是臉部骨骼，依靠特定手法使深層肌肉組織、筋膜、韌帶、經絡、血管、神經與脂肪層重新整理、修正、加固，從而達到改變臉形、體形的目的。

2 徒手整形項目有甚麼優勢？

1）效果顯著：效果立竿見影，當場見效，隨做隨走，隨着身體自癒恢復，堅持做，後期效果會更佳。

2）安全可靠，零風險：純手工中醫整骨技術操作，不打針、不吃藥、不微創、不動刀，安全無副作用、無後遺症。

3）大勢所趨：是目前美容行業唯一通過手法達到整形效果的項目，除了改善外觀，還能提升健康指數，深受眾多明星、藝人、模特兒、名媛的熱烈追捧。

3 徒手整形是通過甚麼原理達到理想塑形效果的？

徒手整形是以中醫學、解剖學、生物力學為基礎，以徒手整形師的各種手法，根據肌肉走向，骨骼定位，加上美學設計，依靠特定手法使深層肌肉組織、筋絡骨骼重新整理、修正、加固，從而改善臉形、體形和健康。

4 徒手整形與整形手術有哪些區別？

創傷整形手術是通過開刀、針劑注射等方法去塑形，這種方法可使皮膚、上皮組織、肌肉、筋膜、韌帶、經絡、神經、血管及細胞帶來創傷，同時要忍受極大痛苦和不可預料的後遺症，甚至要付出生命代價。針注藥物有不同程度的神經麻痺、肌肉萎縮、臉部表情呆板和表情不均，組織不平衡等不良狀況。

徒手整形採用徒手技術，不打針、不開刀、也不採取微創，沒有任何異物放到皮下，沒有任何創傷，安全無副作用。

5 徒手整形會痛嗎，操作後有甚麼感覺？

跟手術打針相比不一樣，手術、打針是麻藥有效的時間內不痛，麻藥過了有效期還是疼痛的。而徒手整形是採用中醫經絡臟腑學和西方解剖學的結合，操作的時候偶爾會有點脹的感覺，當氣血與經絡暢順後，就好似蹺起二郎腿一樣，蹺的時間長，出現麻痺感，當腿放順了，這種感覺就消失了，膚色會變得紅潤且光澤，骨正筋柔氣血經絡通暢了，頭部、五官及全身都得到了深度保養，不但找回自身的年輕魅力，還得到更好的健康。

6 一次要做多久？

一次的操作時間為 30 至 45 分鐘左右，所達到的效果是普通護理無法相比的。

7 多久為一療程？

建議隔日 1 次，7 次為一個療程，之後視乎情況再操作。

8 做好了之後能維持多久呢？會反彈嗎？

按照本書所說的，結合中醫整體觀念，正常情況下是不會反彈的，整骨後人體骨骼框架平衡後、血液迴圈逐漸正常、代謝功能逐漸恢復，不僅當場見效、立竿見影，而且隨着人體自癒力的恢復，後期的效果會更加明顯。

9 甚麼年齡人士適合徒手矯形？

徒手矯形適合任何年齡階層，特別適合青少年（0 至 21 歲效果最好），因為年齡愈小，骨骼、肌肉等各方面發育還沒有定型，矯正塑形後的效果更好。運用中醫手法通過對青少年的骨骼、肌肉、經絡系統的矯正調整，可以改善容顏外，更有助腦部組織的發展、發育。除了顏面結構和功能有效地提升外，更可藉着徒手矯形矯正青少年的駝背、含胸、高低肩、脊柱側彎和長短腳等，讓孩子智力發育得更好、長得更高、更漂亮、更有自信。

10 徒手整形有甚麼注意事項？

操作前：
常規拍攝操作部位正側位照片，以備操作後對比和療效評定，有必要時要拍 X 光片和 CT，排除禁忌症。

操作後：（一周內注意事項）
1) 7 天內忌食辛、辣、寒、熱、刺激過大的食物。
2) 平躺睡覺，不要側躺和趴着睡覺。
3) 不要蹺二郎腿、盤腿、抱臂、單腿承重。
4) 避免彎腰提重物。
5) 避免大量運動，可以小幅度和少量運動，讓身體慢慢適應。

11 徒手矯形操作有甚麼禁忌？

由於用力很輕，因此徒手矯形操作時的禁忌很少，以下是一些絕對的禁忌：

a. 急性骨折

b. 急性頭部創傷

c. 急性大腦出血

d. 有大腦出血的風險

e. 腦腫瘤

f. 癲癇病患者，操作時必須留意別激發對方的癲癇病發作

徒手矯形法成功後，
給生活帶來的一些影響

如今，徒手進行鼻子矯形已經被愈來愈多人接納和推廣了，凡是愛美的女士，都會為了自己的美貌而去努力，讓自己看起來更加精緻和典雅。但是，並不是說做了幾天的徒手矯形法就宣告鼻子高挺、完全成功了，在做鼻子矯形之後，如果不注意日常生活中的一些習慣也會產生相應問題，以下這位讀者就是一個例子，我們一起來分享一下。

如何證明我是我？

當徒手矯形「變美」後，舊證件難證明「你就是你」──過去就有不少人因徒手矯形後導致出入境受阻，當持證人的容貌發生重大變化，跟所持護照上的照片不一致，無法認定其身份後，諸多不便接踵而來。而容貌比對，往往是身份認證中最重要的一環。例如，辦理關卡，需要提交身份證進行實名認證；乘坐火車、高鐵、飛機等交通工具，需要出示身份證，並進行實名認證；出國留學、旅遊、探親、公幹，需要出示身份證，進行實名認證，才能辦理出入境證件；辦理銀行卡、購房貸款等金融業務，需要本人提供身份證並進行實名認證；入住酒店、網吧上網等，均需要身份證件並進行實名認證……當一個人的容貌發生較大變化，可能會嚴重影響到生活，甚至會被拒絕入境他國，或者回國有阻撓的情況，這絕不是危言聳聽，現實中就有這樣的經驗。

那麼，當容貌發生較大變化時，會有哪些意想不到的狀況出現呢？對於那些持有老證件無法證明「你就是你」時，該怎麼辦？下面有讀者來信提醒大家她在徒手矯形路上的一些心得、體會，甚至是教訓。

> 譚博士，您好，我之前按照你的方法對自己的臉部進行徒手矯形按摩術，如今鼻子挺了，顴骨低了，下頷骨尖了，幾乎整個臉部都變靚了。但隨之而來的問題卻漸漸浮現，那就是我過海關時遇到很多困難，三番五次被問三問四，都懷疑我是不是身份證本人，甚至有一次我由泰國過關回港，在機場上因證件與本人相貌不一致而被滯留查問，不得回港，讓我深刻體會到徒手矯形的神奇與煩惱。我那時在心裏想：既然這麼麻煩還不如去換一個身份證和護照算了。但問題又來了，我是自己通過徒手矯形做面容的，而非通過醫院途徑進行手術，這個時候該找誰開矯形證明呢？又沒有醫院能夠給我開手術資料證明，真的很難證明現在的自己就是過去的那個自己。幸好，最後無奈只能出動我母親大人，驗 DNA 才能證實過去那個我就是現在的這個我。大費周章，終於把身份證和護照重新換過來。寫這封信給譚博士的目的，一來是感謝你的徒手整形法讓我回復健康自然美，二是希望你可以提醒那些即將做徒手矯形的女士們，此方法真的如你想像中那麼神奇，請做好被海關職員詢問的準備，提前更改身份證和其他相關證件。

還有一封來自 Emma 的來信，她在徒手整形時也遇到同樣的問題：她是在掛失銀行卡時被質疑：

> 譚博士，您好，我叫 Emma，近日，曾經到千草醫藥坊做過針灸美容，前一段時間我不慎將自己的一張銀行卡弄丟了。隨後我就拿着身份證前往銀行報失，但銀行工作人員仔細看了我幾眼，又看了看我的身份證，欲言又止。
>
> 當工作人員要求我輸入原卡密碼時，我卻懵了。由於自己辦理的銀行卡有好幾張，每張卡的密碼都不一樣，我完全忘記了遺失的銀行卡密碼，而重設新密碼也需要出示身份證，並需要驗證人證明是否相符。

「這張身份證真的是你自己的嗎？」工作人員說出了心中許久的疑惑。

原來，這張身份證是我大學期間辦理的，那時候的我，圓臉、塌鼻樑、眼皮浮腫得像單眼皮一樣。後來，我通過徒手矯形法重新「整裝」了一下，做高了鼻樑、修正了顴骨，弄尖了下巴，這樣一看，我就完全變成了另外一個人。「醜小鴨」一下變成了「白天鵝」後，我也如願找到了自己心儀的工作。沒想到，如今卻遇到大麻煩。

由於容貌變化太大，加上又忘了銀行卡的密碼，銀行工作人員無法確認我就是銀行卡持有人，無法為我補辦銀行卡，卡內的數萬元餘額一時也無法取出來。

「萬一是持卡人將身份證和銀行卡一起遺失了，有人撿到後，冒充持卡人，拿着持卡人的身份證來銀行補卡呢？」銀行工作人員說，經過現場比對證件和人，無法確定我就是持卡人，為了客戶的資金安全，暫時不能為我補辦新卡。

爭辯無果後，我只得回家，找到自己的相關證明，我還通過以往大學老師、同學證明，到政府等地簽字，再用「新面孔」重新換領了一張身份證。過了十幾天，我拿着新身份證來到銀行，工作人員仔細比對，確認我就是持卡人本人後，才為我補辦了銀行卡，重置了密碼。真的好險，區區一個我認為很小的徒手矯形法卻差點令我斷糧，故在此真的要懇請譚博士提醒各位要做好充足準備，否則也會為自己帶來困擾哦。

在此，特別提提大家，徒手矯形效果快而有效，故需謹慎。若操作後導致臉形、眼、耳、口、鼻、眉、額等特徵發生太大變化，最好是保留相關證據，當容貌穩定下來後，第一時間申請辦理有關證件的照片更新手續。特別是常用的香港居民身份證、護照和港澳通行證等重要證件，避免給自己工作、學習和生活帶來不便。

矯形後若未及時更換新證件，在出入境時最好帶上能增強個體識別的其他有效證件和證明文件，為順利過關準備多一份保障。

1

認識人體骨骼

人體骨骼簡介

成人身體的骨骼為 206 塊：軀幹骨 51 塊、顱骨 29 塊、上肢 64 塊、下肢 62 塊。根據不同的功能，骨骼可以分為以下四類：

長骨

分佈於四肢，一體兩端，兩端（骺）較膨大，有光滑的關節面，並有軟骨覆蓋。

短骨

多呈立方體，成群連結，有多個關節面。

扁骨

呈板狀，分佈於頭、胸，構成骨性腔，保護內部的臟器。

不規則骨

形態不規則，如椎骨、含氣骨等。

人體的顱骨

顱骨共有 23 塊（另有 6
塊聽小骨），分為腦顱、
面顱兩部分。

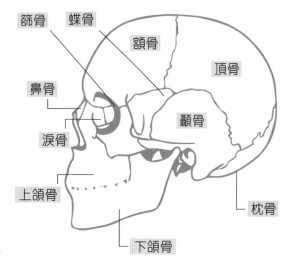

腦顱
包括以下骨塊：
額骨——前上部，含空腔（額竇）。
頂骨——顱蓋中線的兩側。
枕骨——位於腦顱骨後下方。
蝶骨——顱骨底中部，枕骨前，分為蝶骨體、大翼、小翼及翼突，含空腔（蝶竇）。
篩骨——位於顱骨底，蝶骨前和左右兩眶之間，含空腔（篩竇）。
顳骨——位於顱骨兩側，構成顱底。

面顱
包括以下骨塊：上頜骨（含上頜竇）、鼻骨、淚骨、下鼻甲、齶骨、顴骨、犁骨、
下頜骨、舌骨。

人體的軀幹骨

軀幹骨包括椎骨 24 塊，骶骨 1 塊，尾骨 1 塊，肋骨 12 對，胸骨 1 塊。

椎骨

頸椎 7 塊，胸椎 12 塊，腰椎 5 塊，骶椎 1 塊，尾椎 1 塊。

椎骨組成包括椎體及椎弓。椎體呈圓柱狀，與椎弓之間有椎孔。椎弓有橫突、棘突，椎骨的椎下切跡和下一塊椎骨的椎上切跡相疊時組成椎間孔。

頸椎

由 7 塊骨塊組成，由上至下為：

寰椎（簡稱 C1）──沒有椎體、棘突、關節突。

樞椎（簡稱 C2）──有棘突，沒有椎體。

第三至第六頸椎（簡稱 C3、C4、C5、C6）。

隆椎（簡稱 C7）──棘突特別長，棘突下凹陷為大椎。

胸椎

位於頸椎及腰椎之間，共有 12 塊（簡稱 T1-T12）。椎體側面與橫突前有肋凹，棘突長。

腰椎

位於腰部底下的 5 塊骨塊（簡稱 L1-L5），椎體肥厚，呈棘突板狀。L2 棘突下命門；L4 棘突下腰陽關。

骶骨

位於骨盆腔後，是一塊大型的倒三角形骨，簡稱 S1，有骶管及 4 對骶孔（八髎）。

尾骨

呈三角形，由 3 至 5 節尾椎接合而成，與骶骨形成關節。

胸骨

是胸腔中前方的一塊扁平骨塊，呈劍狀，包括胸骨柄（上部分的頸靜脈切跡即天突，在體表可觸及）、胸骨體（連接第 2 肋 - 第 7 肋）及劍突。

肋骨

是胸腔的枝狀骨，是肋的組成部分，肋包括肋骨及肋軟骨。

上肢骨部分

鎖骨

以關節形式連接胸骨及肩胛骨，是上肢及軀幹的接合。銷骨內側 2/3 突向前，外側 1/3 向後，骨折易發生於中、外 1/3 交界處。

肩胛骨

位於胸廓背部，呈三角形扁骨，在第 2 肋 - 第 7 肋之間，上角對向第 2 肋，下角對向第 7 肋，後面被肩胛岡分為岡上窩和岡下窩。

肱骨

由肩部到肘部的粗壯長骨，將肩胛骨和前臂的橈骨、尺骨連接。肱骨上端是半球形肱骨頭，肱骨頭與骨體交界處稱外科頸，容易骨折；下端外側有肱骨小頭，內側肱骨滑車（由肱骨內外髁構成的關節軟骨面），滑車後上方有鷹嘴窩。

橈骨

前臂外側的骨塊，上端細小、下端粗大，上端為橈骨頭，下端內側為尺切跡，外側為橈骨莖突。

尺骨

前臂內側的骨塊，在橈骨旁邊。上端為鷹嘴、滑車切跡、冠突；下端為尺骨頭，尺骨頭後內側突起稱尺骨莖突。

手骨

由腕骨（包括手舟骨、月骨、三角骨、豌豆骨、大多角骨、小多角骨、頭狀骨、鈎骨）、掌骨及指骨構成。

下肢骨部分

髖骨

是人體腰部的骨骼，屬不規則扁骨，外側面有髖臼，前下有閉孔。年幼時，髖骨分為髂骨、坐骨及恥骨，以軟骨連接；成年之後，軟骨會骨化成為髖骨整體。

髂骨

是構成髖骨的組成部分之一，置於髖骨後半部。髂骨體上緣稱髂脊，前後端為髂前上棘、髂後上棘，髂前上棘後方5-7厘米處向外突起稱為髂結節（平對L4-L5椎間隙）。

坐骨

位於骨盆下方，共有兩塊。坐骨分為坐骨體與坐骨支兩部分，會合處後部稱為坐骨結節，為坐骨最低處。

恥骨

是組成骨盆的部分，恥骨下支與坐骨支連接圍成閉孔。

股骨

是人體最長的骨骼，佔身高1/4，上端有股骨頭、股骨頸與身體交界處，上外側隆起為大轉子，下內側為小轉子，股骨頸與人體以130°相交稱為頸幹角，下端有內側髁和外側髁兩個關節。

髕骨

全身最大的籽骨，上寬下尖，與股骨相連，保護膝關節。

脛骨

位於小腿內側部，上端為內側髁和外側髁，兩髁之間為髁間隆起，脛骨體呈三稜柱狀，下端內側面突隆稱為內踝。

腓骨

位於小腿外側部，較細，上端稱腓骨頭，下端為外踝。

足骨

分為三部分，包括前足部、中足部及後足部。

跗骨由7塊骨骼組成，分別是中足部的骰骨、三個楔骨及足舟骨，以及後足部的距骨及跟骨。

蹠骨位於中後足的跗骨及趾骨之間，共有5塊小型長骨。

趾骨是腳指頭的小骨骼。

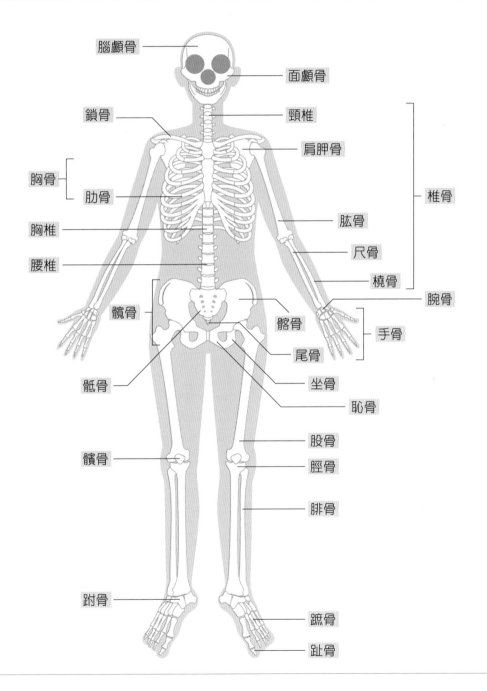

腦顱骨

面顱骨

鎖骨

頸椎

肩胛骨

胸骨

肋骨

椎骨

胸椎

肱骨

腰椎

尺骨

橈骨

腕骨

髖骨

髂骨

手骨

尾骨

骶骨

坐骨

恥骨

股骨

髕骨

脛骨

腓骨

跗骨

蹠骨

趾骨

人體顱骨概論

顱骨位於脊柱上方，由腦顱和面顱兩部分組成，共計 23 塊骨頭。頭顱骨共 8 塊，包括：頂骨 2 塊，顳骨 2 塊，額骨 1 塊，篩骨 1 塊，蝶骨 1 塊，枕骨 1 塊。面顱骨共 15 塊，包括：上頜骨 2 塊，齶骨 2 塊，顴骨 2 塊，淚骨 2 塊，鼻甲 2 塊，鼻骨 2 塊，犁骨 1 塊，下頜骨 1 塊，舌骨 1 塊。除下頜骨及舌骨外，其餘各骨彼此藉縫或軟骨牢固連結，起着保護和支持腦、感覺器官以及消化器和呼吸器的起始部分之作用。

✖ 腦顱容納腦

臉部有視覺器、聽覺器、口、鼻等器官。腦顱的血液供應來自頸內、外動脈和椎動脈，經頸內、外靜脈回流至心，淋巴直接或最後流經頸深淋巴結，神經主要是腦神經。

�֍ 面顱

面顱可劃分為眶區、鼻區、口區和面側區。面側區為介於顴弓、鼻唇溝、下頜骨下緣與胸鎖乳突肌上部前緣之間的區域，又可分為頰區、腮腺咬肌區和面側深區。

✖ 腦顱

腦顱藉下頜骨下緣、下頜角、乳突尖端、上頂線和枕外隆凸的連線與頸部分界。頭部又藉眶上緣、顴弓上緣、外耳門上緣和乳突的連線，分為後上方的腦顱部和前下方的面顱部。

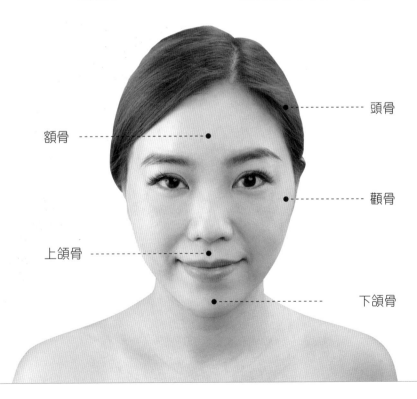

額骨

頭骨

顴骨

上頜骨

下頜骨

腦顱

① 枕骨

頭顱骨的後部分。位於頂骨之後，並延伸至顱底。在枕骨的下面中央有一個大孔，稱枕骨大孔，腦和脊髓在此處相連。以枕骨大孔為中心，枕骨可分為四個部分：後為鱗部，前為基底部，兩側為側部。枕骨與頂骨、顳骨及蝶骨相接。

② 額骨

額骨是顱前上部的一對膜化骨，位於前額處，後上方緊接着骨，在人類頭上聯合成單個骨。它形成額和眶的上部，可分為三部分：額磷、眶部和鼻部。它前與篩骨和鼻骨相連，後通過冠狀縫與頂骨相連。額骨內前下方有稱為額竇的空腔。

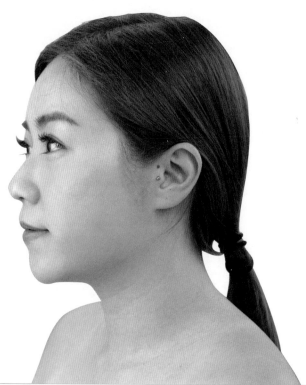

3 頂骨

頂骨是頭骨之一，略呈扁方形，在頭的頂部，左右各一塊。顱頂骨在胚胎發育時期是膜內化骨，出生時尚未完全骨化；因此，在某些部位仍保留膜性結構，如前囟和後囟等處。顱頂各骨均屬扁骨。前方為額骨，後方為枕骨。在額、枕骨之間是左、右頂骨。兩側前方小部分為蝶骨大翼；後方大部分為顳骨鱗部。顱頂各骨之間以顱縫相接合，發生顱內壓增高時，在小兒骨縫可稍分離。成人顱頂骨的厚度約為0.5cm，最厚的部位可達1cm，最薄的為顳區僅有0.2cm。

4 顳骨

顳骨屬於顱骨中的腦顱骨，共兩塊，左右各一。位於頭顱兩側，為顱骨底部和側壁的一部分，其上方與頂骨相接，前方與蝶骨、顴骨相接，後方與枕骨相接，參與形成顱中窩、顱後窩，內側面與大腦、小腦緊密相鄰，與大腦及顱內的許多重要神經血管關係密切。外耳道骨部、中耳、內耳和內耳道均包含在顳骨內。

5 蝶骨

蝶骨，形如蝴蝶，是位於前方的額骨、篩骨和後方的顳骨、枕骨之間的骨頭。其橫向伸展於顱底部，分為體、小翼、大翼和翼突四個部分。

6 篩骨

篩骨是位於額骨與蝶骨之間的骨頭，此骨有空泡小孔，是含氣骨。此骨的冠狀切面呈「巾」形。在顱腔底的前部，兩個眼眶之間，鼻腔的頂部，是顱腔和鼻腔之間的分界骨。篩骨共分為篩板、垂直板、篩骨迷路三部分。

面顱

1 上頜骨

上頜骨居顏面中部，左右各一，互相連接構成中臉部的支架。上頜骨有體部和四個鄰近骨相連的骨突，如額突與額骨相連，顴突與顴骨相連，齶突在上齶中縫部左右對連，牙槽突即牙齒所在部位的骨質。

2 下頜骨

下頜骨分為體部及升支部，兩側體部在正中聯合。下頜升支部上方有兩個骨性突起，在後方者稱為髁狀突，在前方者稱為冠突（肌突），兩者之間的凹緣稱為下頜切跡（乙狀切跡）。升支部後緣與下頜骨下緣相交處稱為下頜角。升支部內側面中部有一個孔稱下頜孔，此孔在下頜骨內向下向前延伸的管道，稱下頜舌骨溝。下頜管在第一、第二前磨牙牙根之間向外穿出一孔，稱頦孔。下牙槽神經、血管從下頜孔進入下頜管向前走行，在頦孔處分出頦神經及血管。

3 顴骨

顴骨是人臉部重要的部位，位於面中部前面，眼眶的外下方，菱形，形成面頰部的骨性突起。顴骨共有四個突起，分別是：額蝶突，頜突，顳突和眶突。顴骨的顳突向後接顳骨的顴突，構成顴弓。顴弓位於顱面骨的兩側，呈向外的弓形，上緣較銳利，易於捫及。它主要通過與鼻、顳部和頰的關係來影響臉部美。

4 淚骨

淚骨是一對薄薄的骨，其大小及形狀像一塊手指甲，是臉部最小的骨。這些骨在鼻骨的後外側壁，眼眶的內側壁。淚腺窩內有淚囊位於其中。前接上頜骨，後連篩骨迷路眶板。

5 鼻骨

鼻骨為成對的面顱骨，為兩塊長條形骨板，上厚下薄，上窄下寬，鼻骨間的結合上端緊密，下端則稍微分開，結合線與正中矢狀線重合，鼻骨向上與額骨鼻部相連接，兩側與上頜骨額突相連，鼻骨下端在眶下緣水準向下與上側鼻軟骨、鼻中隔軟骨相連。側面觀鼻骨從解剖學鼻根點起向後略凹陷，再在鼻根部最凹處向下前行走，中線處連於鼻中隔軟骨。

6 下鼻甲

下鼻甲有兩塊，呈捲曲樣，形成鼻腔外側壁的一部分。他們與上鼻甲及中鼻甲擔任相同的功能，允許空氣進入肺以前的迴圈及過濾作用。然而下鼻甲是獨立的骨而非篩骨的一部分。

7 齶骨

齶骨位於上頜骨的後方，為成對的呈「L」形的骨板，構成鼻腔外側壁及骨齶的後部，並參與顳下窩和翼齶窩的構成。分為水準部與垂直部兩部分，水準部構成硬齶後四分之一，其外側緣與上頜骨牙槽突共同構成齶大孔，兩側水準部的內側緣在中線處相連。

8 犁骨

犁骨是一個粗略的三角骨，形成鼻中隔的下半部分。犁骨的下緣與中隔軟骨形成關節，而將鼻子分成左右鼻孔，它的上緣與篩骨的垂直板形成關節。

縫線觸診

縫線矯形的觸診評估

顱骨表面傾斜的顱縫具有獨立的功能。這部分文本將解決各種縫合線畸變並描述其觸診特徵。然而，應該首先指出，一些縫合線常常顯示出類似於異常位移的區域，但被認為是可接受的，良性的變化。這些位移沒有臨床意義，例如，冠狀縫合中三分之一的額葉和頂骨的重疊具有特徵波動。由於它們的溝槽狀配置，這些交錯經常被誤認為異常的縫合移位。

為了全面解決在檢查期間遇到的各種異常情況，本節分為以下五個主題：移位、畸形、感覺扭曲、溫度異常、拉伸強度異常。

移位

顱骨沿着縫合線的關節異常定位稱為移位。以下四種移位是沿着縫合關節縫最常出現的移位：

❶ 縫合干擾

這種移位通常被認為是縫合縫的山峰。即關節表面被卡在一起，產生了骨峰，形成關節內應力。

❷ 縫間蔓延

這種變形是一個開放的溝槽，並產生縫合線沿其關節縫分離的現象。然而，幾個縫合線，例如冠狀和前額葉的縫合線可能會經常被誤認為是這種變形的區域，因為不會引起疼痛而表明溝槽狀結構是屬於關節正常的表面。這些區域不被認為是縫合擴散的例子，只是看起來屬於傾斜過度，但並不是分離。

❸ 縫合術

這種變形被認為是骨骼過度生長的一個區域，並且通常被認為是在預期縫合的區域上的連續骨。在矢狀縫合處常發現這種畸形症狀。

❹ 交叉重疊

雖然縫合重疊在整個顱骨縫合系統中是常見的，但是這種變形通常與縫合線關節縫上從一個骨骼向另一個骨骼向下或向下不尋常的步驟相關。

✳ 1. 該區域被認為在縫合線的天然斜面重疊位置中（包含逆轉）。

✳ 2. 如在沿冠狀區域的正面堵塞的情況下，該步驟是顯而易見的。

畸形

在縫合線關節縫中或上方的異常形成稱為畸形。以下五種畸形是沿着縫合關節接縫發現最多的畸形：

❶ 纖維黏連

這種畸形通常被認為是穿過縫合線的關節縫的線狀結構。這些黏連通常由纖維狀的無血管膠原組織組成。

❷ 骨刺

被認為是穿過縫合線的骨骼，這種畸形通常代表纖維黏連成慢性刺激形成的成骨細胞形態變化。

❸ 可靠的結節性黏連

這種畸形被確定為柔軟或不完全柔韌的組織區域，其與結節狀結構中縫合線的關節重疊。雖然結節觸感柔軟，但其明顯纖維化。就像纖維黏連一樣，柔韌的結節黏連組織通常由無血管膠原組織組成。然而，與纖維黏連不同，柔韌的結節性黏連已經滲透到顱骨上的骨膜中，並且可能滲入到穹頂內腦膜的骨膜層中。儘管結節黏連似乎比簡單的纖維黏連更具侵入性，但它們仍然是柔韌的，表明它們仍處於早期發育階段。

❹ 實體結節黏連

這些黏連代表更後期或慢性的結節黏結階段。這種畸形本質上會呈現硬質或骨樣。

❺ 流體結節黏連

這種畸形通常類似於水腫性結節，並且可能由穿過縫合線關節縫的脂肪瘤或囊性形成組成。將結節從其原始位置移動可能會揭示出形成根的深度。如果結節固定不動，有可能深入縫合線的關節表面，甚至可能延伸到穹頂的腦膜層。

感覺扭曲

縫合線周邊或其周圍的異常感覺稱為感覺畸變。在遇到這種異常情況時，需要注意以下幾點：

❶ 被證明與隱性感覺扭曲有關

即使在沒有外部刺激的情況下也會感覺到異常。當外部影響發生於某個區域時，會自覺感到異常的感覺。可能存在潛在但不明顯的疼痛，並且可能由於神經元達到其動作電位的能力降低而引起。減少的神經元動作電位可能是神經纖維或神經元的超極化的結果。

❷ 感覺變形的深度

應注意到縫合線周圍不適的深度，因為它可以幫助操作者確定縫合畸變的水平。表面不適經常表明外部條件，而深度不適可能是由顱內血管病症引起，可能需要通過各種掃描方式進行更密切的調查。

❸ 感官類型

一些感覺扭曲常作為異常感覺出現，而另一些則以缺乏感覺為特徵。以下是最常見的感覺扭曲類型：

✂ **刺痛**：這通常表示急性病症，也可能代表血液停滯。

✂ **陰沉或打結痛**：這種疼痛常常歸因於腦脊液不平衡或腦膜緊張。這也可能表明涉及區域周圍的慢性缺陷。

✂ **爆發性疼痛**：如果感覺觸摸後加劇疼痛，則這種情況被認為是嚴重的，應避免該區域的直接身體接觸。爆發性疼痛通常是由於顱內攝入過多和血液流出不足引起的。一個很好的例子是增加心臟血管活性的狹窄頸靜脈。

✂ **壓痛**：這種情況常常是由於流入頭部的心血管引流增加，血液加多引起的。動脈痙攣狀態是這種痛苦的典型。

✂ **麻木**：這種情況通常來自暴露於有毒化學物質、壓迫、病毒浸潤或導致感覺性軸突病變或神經元破壞的血管功能不全等。然而，也可以通過減少離子轉移泵或神經元超極化來產生。如果麻木伴隨壁神經退化，即從其營養來源分離出的神經纖維的脂肪變性，則該病症可能是由於感覺神經元中尼氏體的破壞，這導致軸突細胞質的破壞。然而，也可以通過神經元鈉泵的耗盡或神經纖維的超極化來產生。

溫度異常

溫度異常通常反映血液過剩或不足的情況。例如，結合流體結節黏連中水腫的溫度異常可能反映創傷或感染。以下是沿着縫合縫發現的四種最常見的溫度異常類型：

❶ 過熱
這種情況往往是由過度血液積聚引起的感染或急性創傷。在創傷或感染的情況下，發熱也伴隨着周圍組織的水腫。

❷ 微熱
這種低度的熱條件通常是由於輕微感染或縫合線膠原組織的脫水造成的。

❸ 過冷
這種情況通常由缺血引起。或者，受影響的區域也可能經歷慢性退行性疾病，例如：骨小樑結構的塌陷，如在晚期骨質疏鬆病例或貧血中發現。

❹ 虛寒
這種病症的特徵是溫度偏低，通常反映由組織變形、鈣化或輕度貧血而引起的血液不足。

拉伸強度異常

當結合位移、畸形、感覺變形或異常溫度的情況時，縫合線周圍的拉伸強度異常的發現可以向操作者反應提醒過度或不足的狀況。以下是評估拉伸強度縫線時發現的兩種最常見的變形：

❶ 硬化
這種情況往往與兩年以上的慢性黏連疤痕和創傷後損傷有關。

❷ 軟化
這種情況通常與缺陷狀況和退行性疾病有關。

靜態縫線觸診

❈ 額頂縫

為了增強操作者的比較分析，同時觸診冠狀縫兩側。使用標準的鋸齒形或穿刺方法觸診，操作者沿着冠狀縫合線雙向下降，終止於冠狀縫合線與蝶骨的右側和左側較大翼。

> ❗ **注意**：冠狀縫合線在下降到與蝶骨的交界處時呈向前方向彎曲。
>
> ➔ **正常發現**：當縫合線分為三分之一，從頂骨到蝶骨的側大翼，中間區域將感覺像一個開放的溝渠。

❈ 蝶額縫

於蝶骨的右側和左側較大翼的交界處。從這個位置來看，操作員的觸診手指需要在尾部方向移動大約四十五度。然後手指開始以頭頭尾尾方向穿過蝶形縫線。

> ❗ **注意**：會發現額外骨的外側表面凸出。當試圖找到鼻竇縫合線時，沿着凸起的下部，將其收回致顱骨。這個區域經常會感覺到它突然結束在一塊平板上。一旦定位平板，觸診手指應從板上重新放置到正面隆起。縫線通常位於蝶骨板上方 1cm 以內，位於正面凸起的下方。
>
> ➔ **正常發現**：蝶竇骨與該區域的額骨重疊，但可能感覺到從蝶骨方向到前額骨的隆起表面的頭尖方向稍微向上。

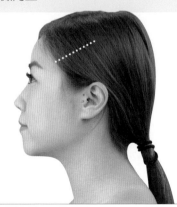

✖ 蝶頂縫

蝶竇縫合線與鼻前額縫合連續並且位於冠狀縫合後面。為了定位鼻咽縫合線，只需將縫合線縫合回到與冠狀縫合線的交界處。當檢查手指移動到冠狀蝶骨連接處後，已經開始觸診蝶齶縫合。

注意：這種縫合線的長度是每個人都不一樣的。根據對多個頭顱骨的觀察，正常大小與有些個別長達12 mm不能檢測到的頭骨不同。縫合線的長度可以通過注意冠狀蝶形連接點與蝶形縫合線的連接點之間的距離來評估。

正常發現：雖然蝶骨與沿着這條縫合線的頂骨重疊，但縫合線通常作為從蝶骨的較大翼板到頂骨的頭足方向向上觸診。

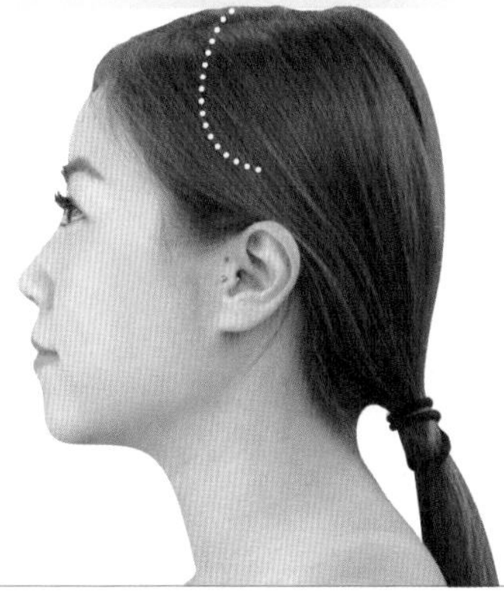

✖ 蝶鱗縫

蝶形縫合起源於蝶齶縫合的後部。操作員的觸診手指在 90 度和 110 度之間移動，以舌頭方向向下穿過蝶形縫合線，縫線穿過前後而作出活動。

注意：這種縫合線通常位於禿頭髮線前面，並且通常位於外耳道中心前方約 3.5cm 處。

正常發現：雖然顳骨與該縫合線上半部的蝶骨重疊，並且在其下半部有鋸齒狀，但縫合線通常會感覺像在頭到尾部方向的堅固山脊。這個山脊經常被誤認為是縫合的組成。

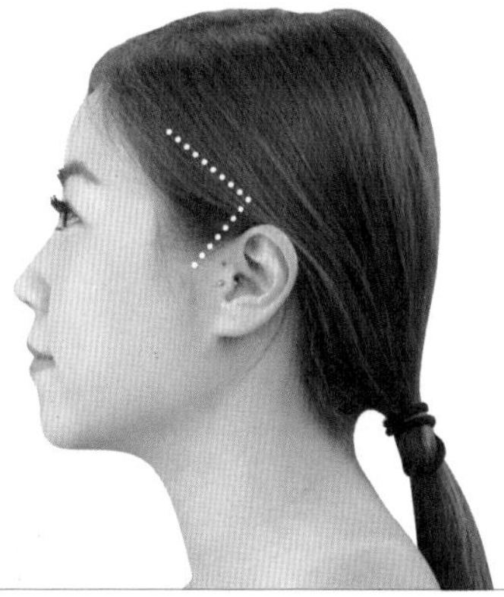

✖ 鱗部頂骨縫

鱗狀頂縫合物也稱為顳頂縫合線，從蝶骨和蝶形體縫合線的連接處向後方延伸。為了找到鱗狀上皮縫合，操作者的手指應該重新貼合蝶形縫合線的關節表面，直到它們接觸蝶形四叉牙結。從這一點開始，操作者的手指開始觸摸鱗狀細縫，穿過外耳道的垂直方向，操作者可以沿其弓形縫線沿着耳廓螺旋頂點跟隨縫線。

> ❗ **注意：**當耳廓的上部方面被壓向頭部的內側方向時，縫合線經常被發現在螺旋的頂點向內向下延伸到解剖結構的方向。

> ➲ **正常發現：**這種縫合線具有非常緊密和薄的關節，這使得其識別非常困難。如果操作者是持續性的，則可以感覺到從頂骨到顳側鱗狀上皮是稍微向上的。

✖ 頂乳縫

對稱性縫合線在鱗狀狹縫縫合終止時開始，位於耳朵的上後方向。右對齊骨縫合物的交界處，通常位於外耳道的 10 或 11 點左右。左結點通常位於左外耳道左側約 1 或 2 點，縫合線沿着後方向上升。

> ❗ **注意：**用於定位此縫合線的另一種方法是從前後方向穿過乳突體的上部，縫合線將沿着乳突的前後緣，觸感為水溝樣。

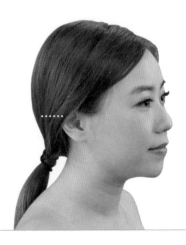

枕乳縫

枕狀乳頭狀縫合開始於對角結節。記住，縫合線總是以鋸齒形方法觸摸，從而穿過關節。操作者的手指改變方向，沿着乳突的過程和身體的後方向下移動。縫合線相對於乳突的後邊緣在後方向上約為 2mm。

正常發現：乳突骨後面的區域通常被認為是具有乳突骨和枕骨下部鱗狀外側的突起。縫合線位於枕骨邊緣，經常被感覺為沿着乳突的後內側邊界進入溝槽的一步。這經常被無經驗的操作者誤解為開放式縫合線。

顱人字縫

為了找到人字縫，操作者將枕骨吻合縫合，將關節連接回到星點。人字縫線從分支中分開，並且在相對的人字縫線和矢狀縫線的後部的交界處終止。通過從前向方向穿過其關節表面到達與矢狀縫合的連接處，可實現椎板縫合的觸診。

注意：用於定位此縫合線的另一種方法是將兩隻手與食指的徑向表面接觸。杯狀手放在枕骨上，手掌表面向下。將指尖放在枕骨的鱗片上。然後，操作員將手指從枕骨的鱗狀骨掃到頂骨。通常被視為具有從其延伸的右側和左側後外側凹槽的凹陷。凹槽是人字縫縫合線的上關節面。

正常發現：人字縫通常被識別為寬的或開放的縫合線。這使得這種縫合線的鋸齒縫合線有分開的錯覺。然而，由於人字縫的鋸齒狀關節面，這個特徵被認為是正常的。

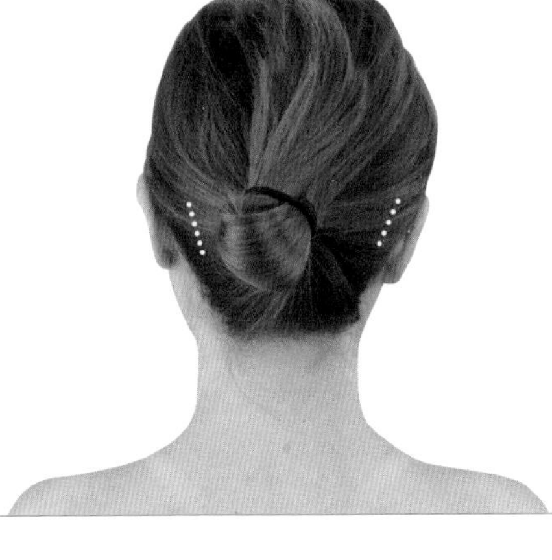

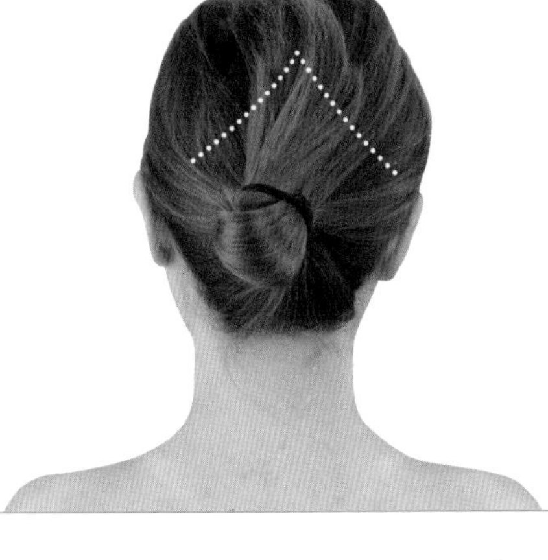

✖ 顳矢縫

矢狀縫合是觸診的最後一個保險絲縫合線。該縫合線沿着拱頂頂部的矢狀中線在前後方向延伸。後緣縫合線連接到星點。在前面，它在冠狀縫合處終止。當操作者的手指上升右側和左側的人字縫縫合線以達到星點時，食指和中指交錯並向前移動以橫穿矢狀縫合線。這種前橫移繼續，直到手指到達冠狀縫合線。

❗ **注意**：每個頭骨上都沒有發現矢狀縫合。如果這條縫線不存在，操作員會感覺到在這個地區的拱頂的中部頂上有一個堅硬的連續的山脊。

➲ **正常發現**：縫合後三分之一經常被認為是一個開放的山谷，或者被誤認為是分開的。這被認為是正常的，因為縫合線的該區域中的鋸齒狀邊緣通常大於在縫合線的前三分之一處發現的那些。

✖ 沃姆氏骨

蚯蚓骨是許多頭骨上發現的額外骨頭。這些並不被大多數解剖學家認為是致病的。它們只是一種遺傳學的產物，似乎可以作為其所在骨骼的一部分。大多數蚯蚓骨骼沿着枕葉和人字縫縫線出現，它們經常出現為枕骨的額外骨骼。然而，這些骨頭可能在任何地方找到。它們的尺寸通常在 4mm 至 6cm 的範圍內，但有時會更大。應該進行頭顱和周圍區域的掃描，以數字方式確定通常不包含它們的區域中是否存在額外的縫線。

✖ 額縫

在成人頭骨上發現的縫合被認為是額外的縫合線。縫合線通常出現在所有頭骨上，直到生命的第五或第六年。根據報道，這種縫合線在成年人中的出現率從零到百分之七，這取決於種族。雖然在成年人中比較難找到這種縫合，但其存在並不被認為是病態的。

縫合線沿着額骨前上方的冠狀部位，位於冠狀縫合線的前方。它通常被認為是矢狀縫線的向前延伸。如果存在這種縫線，操作者應將其視為矢狀縫合線的延伸。因此，當觸診矢狀縫合時，只需繼續向冠狀矢狀交界處檢測其存在即可。

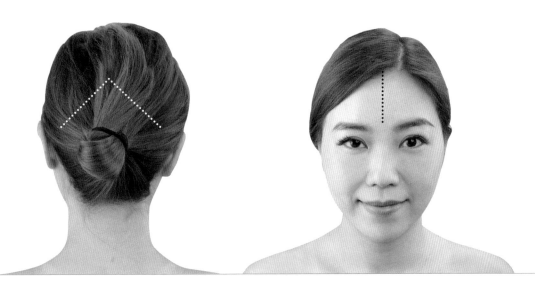

臉部觸診

✖ 顴顳縫

骨顳縫位於顴弓後緣，距後顳葉角約1cm。操作者的食指或中指將前方（朝向患者的臉部）穿過縫合線向後（朝向患者的乳突）方向。

> ↻ **正常發現**：這種縫合通常容易區分，並經常呈現為開放的溝槽。對於沒有經驗的醫生，這可能被誤診為孤立關節。然而，在大多數情況下，開放的溝槽被認為是正常的，除非伴有疼痛或存在結節形成。

✖ 顴上頜縫

觸診從瞳孔正下方的眼窩的下部骨骼邊緣開始。這是顴上頜縫合的上關節區。當操作者將縫合線穿過其下端點時，縫線橫向下降。顴骨沿着其超臨界關節區域重疊上頜骨，並且上頜骨沿其下外側關節區域重疊顴骨。

> ↻ **正常發現**：這種縫合線的上關節區域通常被認為是從顴骨到上頜骨的內側下降。在該步驟中發現輕微的差距也被認為是正常的，給出縫合線分開的錯覺。在這種縫合的劣勢方面，角色相反，操作者通常會感覺到從關節到上頜骨的升高。

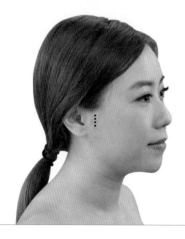

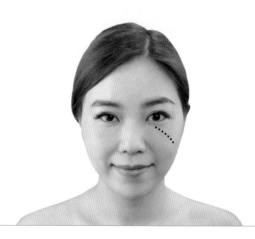

✖ 上頜間縫

觸診和視覺分析經常用於檢查頜間縫合。操作者可以選擇目視檢查牙齦線附近的上頜門牙，以獲取有關該縫合線的信息。如果縫合線分開，門牙之間的距離將是顯而易見的，硬齶會出現異常寬。如果縫線被卡住，硬齶會出現尖銳的形狀，並且前門牙的較低的內側邊緣將被壓縮，這通常建立兩個牙齒的前部重疊。如果發生劣於重疊的話，一條牙齦線會顯得低於另一條。用食指或中指觸摸縫合線，沿着硬齶的矢狀中線在上頜門牙後面進行初次接觸。操作者沿着縫合線保持接觸，同時從一側到另一側穿過，直到其在軟齶上終止。

🍜 **正常發現**：可感覺到一條小脊。這種縫合線也被稱為感覺像一個小凹槽。由於沒有疼痛或其他發現，這些明顯的特徵通常被認為是非病理性的並且在可接受的範圍內。

↔ **變異**：一種常見的變體，稱為圓錐花盤，是沿顳上頜縫合區域延伸過度的骨生長。雖然這被認為是良性的，但是這種肥厚的延伸類似於在張力下放置縫合線的生長模式，並且提出了關節間干擾的可能性。

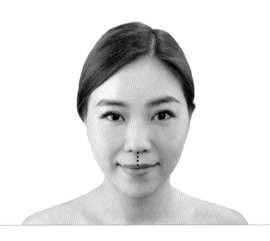

齶間縫

間隙縫合線與顳上下頜縫合線的後端連續，並沿着中間位置平面。為了定位縫合線，只需繼續穿過齶上頜連接處的終點處的正中脊。該交界處經常被感覺為穿過垂直於顳上縫線的中央位置區域的小脊。縫合線在該點之後，手指繼續橫穿關節表面，直到達到軟齶。像頜間縫合一樣，用食指或中指觸摸縫合線縫合。

正常發現：由於縫合線沿着關節表面經常是脊狀的，因此經常被誤解為被卡住。然而，脊部的存在是正常的，除非伴隨着壓迫時的疼痛或不適。

齶上頜縫

齶裂縫合線垂直穿過顳上頜縫合線的連接點，並沿其後表面區域的五分之一橫穿硬齶的水平板。為了定位縫線，食指與內牙齦線接觸上頜牙齒水平的內表面。沿着牙齒的內表面向後滑動，食指在第二磨牙的後緣停止，這是縫合線的側邊緣開始的地方，只需將手指前後移動，使其橫過上齶水平移動到相對的第二臼齒的後緣。

正常發現：由於上頜骨相對於齶水平板具有較低的關節連接，因此縫合線經常觸診為從齶向上頜骨的向下尾部。然而，當觸診手指接近矢狀中線時，縫合線的關節斜面反轉，並經常產生小的尾骨骨密堆。當它受到外部壓力會顯示出痛苦時，土丘可能被認為是異常的。然而，在臨床上不顯著無痛的土丘通常表示關節連接處的正常變化。

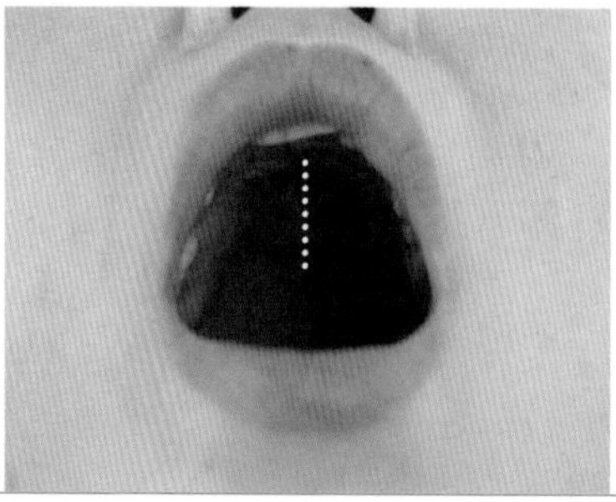

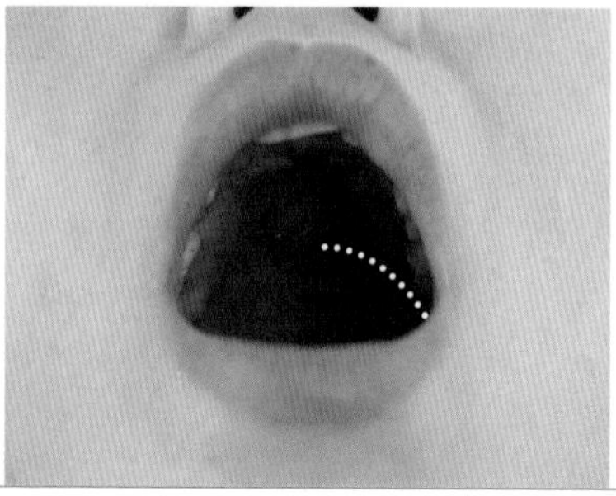

✖ 顴額縫

眼科縫合線位於眼窩的外骨骼邊緣，位於右側 10 和 11 點之間，左側 1 至 2 點之間。觸診開始於眼窩外側骨外緣，與眼瞼的合併韌帶相鄰。然後，操作員將掃描側骨的眼緣，以頭尖方向移動。當縫合線通過時，將感覺到骨頭中的凹陷。

⤵ **正常發現**：雖然 z 骨在這種關節處與正臉部分重疊，但縫合通常會感到放開。

✖ 鼻上頜縫

鼻上頜縫合線位於鼻樑的中間標線和眼窩的中間邊界之間的中間位置。觸診是在鼻樑前後方面開始的。在鼻骨表面橫向掃掠，操作員的手指將觸摸到在山脊上的內側淺溝。這條溝是縫合線，脊是上頜前額葉過程的鼻關節面。按照此步驟定位縫合線後，用鼻軟骨將縫合線從其原點穿過其下端。

❗ **注意**：平均縫線長度為 2.5 至 3 cm。

⤵ **正常發現**：這種縫合線常常感覺像一個小壟溝或一個小的脊。實際上，發現被認為是正常的，病變的存在決定於是否有疼痛或結節形成。

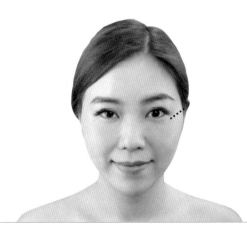
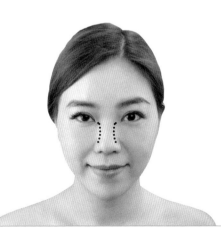

鼻腔縫

內側縫合線位於兩鼻骨之間，上面的縫合線與鼻孔相交，尾端在鼻子處終止。用食指觸診，從鼻根開始，並繼續穿過縫合線的過程，直到其與鼻軟骨終止。

正常發現：這種縫合線的頭四分之一經常與左側重疊 3 至 4mm。這種偏差被認為是非病理學的，應該被認為是正常的偏差。觸診經常在縫合線上顯示出 1mm 扁平的表面。

額上頜縫

位於鼻樑的橋樑上，顳下頜縫線構成了疝的側面。觸診是通過將食指放置在眼窩的右側和左側前額葉連接處（在前額葉眶脊上方）的下方開始。縫合線通過中線穿過，以鼻骨終止。

注意：平均縫線長度為 7 至 8mm。

正常發現：縫合線的側縫從外側向內側凹陷開始，並且朝向鼻前端縫合線的外側邊緣向內側行進。關節縫被折疊成由前緣突起的上頜前鋒過程產生的褶皺，因為它垂直地插入到瞼緣下緣的下部。因此，關節縫通常不明顯，並且經常被認為僅僅是骨中的折疊。

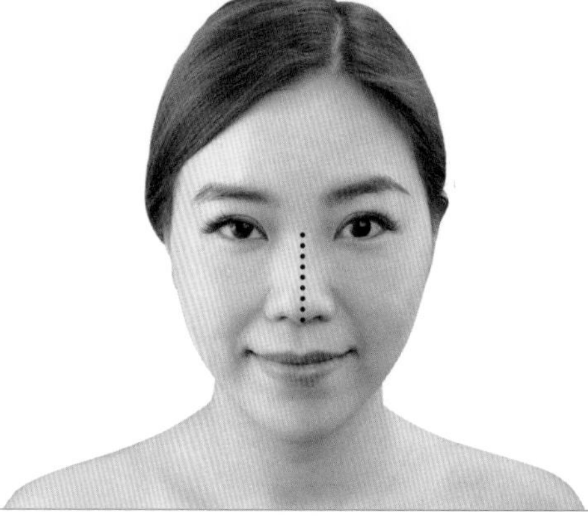

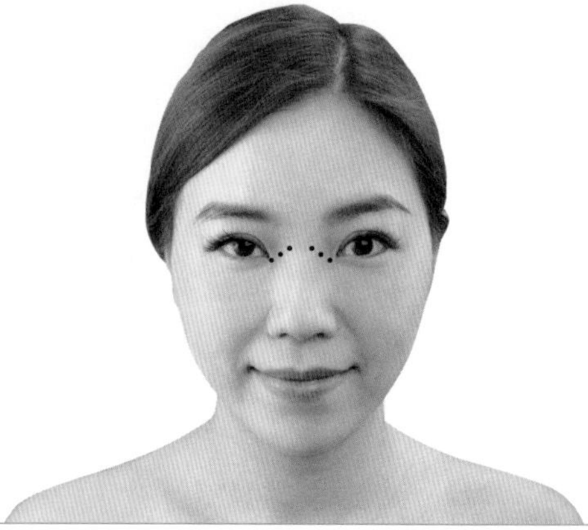

✖ 鼻額縫

位於鼻樑的橋樑上，前額皮縫合線構成
了內側的一半。觸診從顳下頜縫合線與
鼻下頜縫合線的末端延伸，並在正面鼻
翼下方中間穿過，直到鼻寶中心的相對
的前額皮縫合線。

🛈 **注意**：平均縫線長度為 5 至
6mm。

↩ **正常發現**：像顳下頜關節縫合
物一樣，這種縫合線通常被捲入前
額葉的前後緣。因此，它通常被認
為是骨中的折疊，並且縫合線本身
是不顯著的。

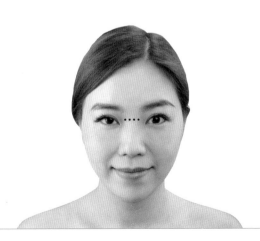

主動力縫線觸診

✖ 冠狀縫

方法

右手：用四個手指接觸表面積，在受
試者的左側冠狀縫合處。

左手：在正確的冠狀縫線上使用鏡像
接觸。

被操作者的下顎從一側移動到另一側。

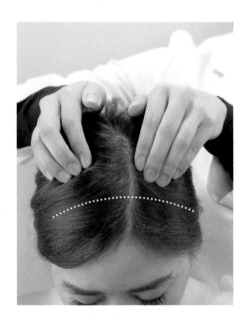

蝶額縫

方法

右手：食指接觸縫合關節面前方的冠狀縫合。

左手：使用鏡像接觸。

被操作者的下顎從一側移動到另一側。

蝶頂縫

方法

右手：食指接觸縫合關節面後方的冠狀縫合。

左手：使用鏡像接觸。

被操作者的下顎從一側移動到另一側。

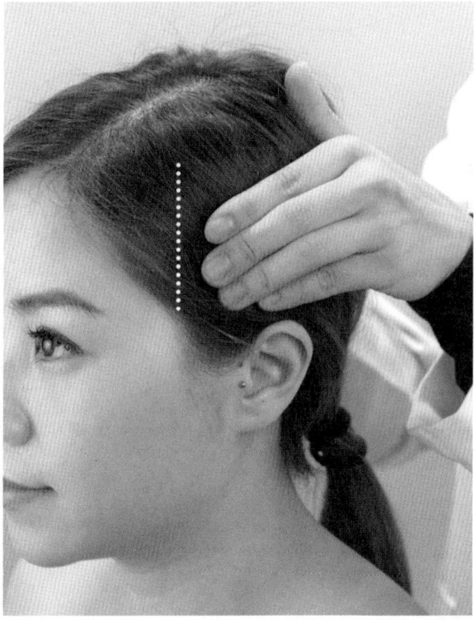

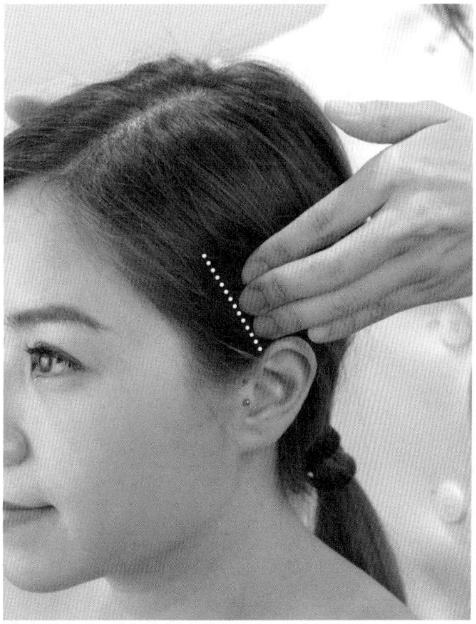

✖ 蝶形縫合

方法

右手：食指和中指接觸縫線的關節縫。
　　　食指觸點低於蝶板和鱗縫的縫
　　　合處。中間的手指接觸到縫合
　　　處。

左手：使用鏡像接觸。

被操作者的下顎從一側移動到另一側。

✖ 鱗縫

方法

右手：在食指、中指和無名指接觸縫
　　　合的關節骨縫時，在整個關節
　　　表面的觀察中，手指力應分散。

左手：使用鏡像接觸。

被操作者的下顎從一側移動到另一側。

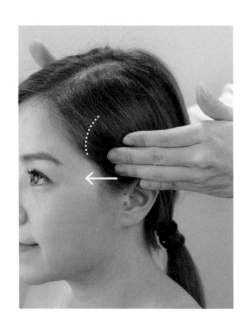

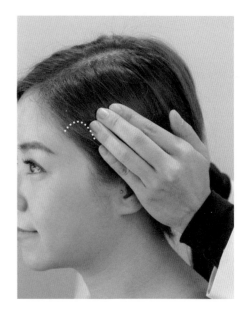

✖ 頂乳突縫

右手：縫合的關節連接處用中指感應。
左手：使用鏡像接觸。
被操作者的下顎從一側移動到另一側。

✖ 枕乳突縫

右手：食指、中指和無名指接觸縫線
　　　的關節面。
左手：使用鏡像接觸。
被操作者的下顎從一側移動到另一側。

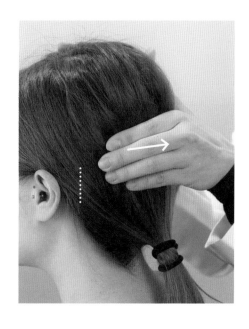

✖ 人字縫

方法

右手：食指、中指和無名指接觸縫線
　　　的關節面。

左手：鏡像右手。食指放置在縫合的
　　　關節骨上，立即與之橫向連接。
　　　無名指與縫合處接觸，中指位
　　　於食指和無名指之間。

被操作者的下顎從一側移動到另一側。

✖ 矢狀縫

方法

右手：用食指、無名指和中指沿着縫
　　　合的整個關節面展開。

左手：與右手的接觸者交叉。遠端指
　　　尖接觸縫線的關節面。

被操作者的下顎從一側移動到另一側。

臉部觸診

✖ 顴顳縫

方法

右手：食指接觸線的關節縫。
左手：使用鏡像接觸。
被操作者的下顎從一側移動到另一側。

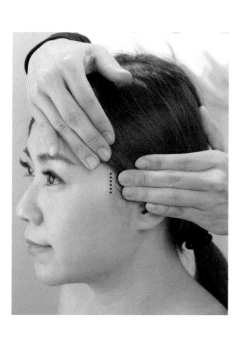

✖ 顴弓縫

方法

右手：食指和中指接觸右縫線的關節面。
左手：使用鏡像接觸。
被操作者的下顎從一側移動到另一側。

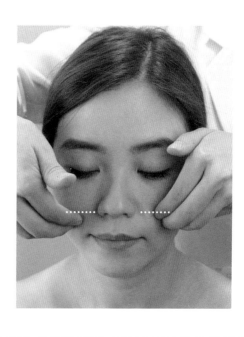

✖ 頜間縫

方法

右手：大拇指壓在唇上方，接觸縫合
　　　關節，並推向對側。
左手：類似右手。
被操作者的下顎從一側移動到另一側。

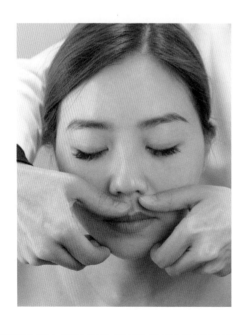

✖ 鼻上頜縫

方法

右手：食指接觸縫線的關節面。
左手：使用鏡像接觸。
被操作者的下顎從一側移動到另一側。

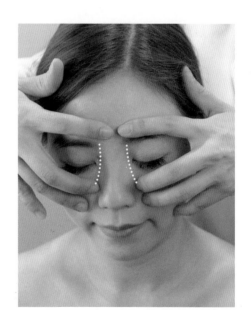

✖ 顴額縫

方法

右手：食指與縫線的關節面接觸。

左手：使用鏡像接觸。

被操作者的下顎從一側移動到另一側。

✖ 鼻骨間縫

方法

右手：中指和無名指接觸縫線的關節面。

左手：與右手相同。

被操作者的下顎從一側移動到另一側。

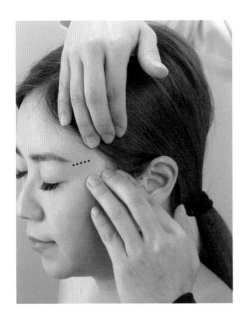

✖ 額頜縫

方法

右手：食指接觸縫線的關節面。

左手：使用鏡像接觸。

被操作者的下頜骨從一邊移到另一邊時，將嘴微微張開。

✖ 鼻額縫

方法

右手：食指、中指和無名指接觸縫線的關節面。

左手：與右手相同。

被操作者的下頜骨從一邊移到另一邊時，將嘴微微張開。

②

認識徒手整形

徒手整形的概念

徒手整形是一種極其溫和的中醫整骨矯正手法，也是一種純自然療法，注重身體的整體性，使得肌肉和骨骼回歸應有的正確位置，從而使我們的五官、頸椎、胸椎、腰椎、骨盆、腿形等身體輪廓能夠擁有協調、優雅、自然、和諧之美！

「徒手整形」是以中醫學、解剖學為基礎，以整形矯正師的各種手法，根據經絡循行路經、經絡定位肌肉走向、骨架定位、臉部全息反射、淋巴濾毒、理筋整復，加上人體藝術審美等多門學科的綜合運用，通過中醫手法直接作用於局部，能有效改善骨塊形狀消除血管痙攣，加快腫脹吸收，加強局部迴圈，使局部溫度平衡，將緊張肌肉放鬆，將鬆弛肌肉提緊，更能舒筋通絡，理筋整復，迅速活血化瘀，疏通營養和氣血的通道，保證營養的供應，神經調節的正常、荷爾蒙的平衡，從而可預防和治療多種病變，更能高效逆轉機能和人體衰老，讓人年輕美麗，並達到標本並治的效果。根據本人多年針灸等行醫累積經驗，依靠特定手法使深層肌肉組織、筋絡骨骼重新整理、修正、加固，可以改善臉形、體形和體格狀態。

徒手整形的原理

骨骼的固定和運動都是通過肌肉韌帶牽拉來實現，當一些不良的生活習慣導致身體肌肉力量不平衡時，骨頭的位置就會隨之偏歪，當然這個是雙向的，骨頭的位置通過外力發生偏移、肌肉也會隨之變得不平衡，例如大小臉、脊柱側彎和長短腳等，要矯正並達到良好的效果，就要從肌肉和骨頭的位置兩方面着手。最常見的臉部不對稱產生的原因，就是不良的咀嚼習慣，一直單側咀嚼導致兩側的咬肌不平衡，下頜骨就會隨之歪向一側，隨着時間的推移，兩側咬肌附着的顴骨位置也會變得不一樣，形成高低顴骨和大細面。

而以頭顱骨為例，從人體解剖學和骨骼學來看，人體頭顱骨由二十多塊骨頭板塊組成，骨塊具有一定柔軟度，以卸載外來壓力，而骨骼板塊之間有筋膜和韌帶維繫着，雖說顱骨連接大多是直接連接，但是板塊之間是可以微調移動，當骨頭發展不正常，通過徒手整形專業溫和的矯正手法應用，梳理骨間的縫隙，對骨與骨之間及其周圍的軟組織進行調整，配合有針對性的功能鍛煉，實現對臉部軟、硬組織的功能性塑形，使骨架回復正常位置，形成對稱與理想的骨骼，從而取得臉部外觀最佳的輪廓美。

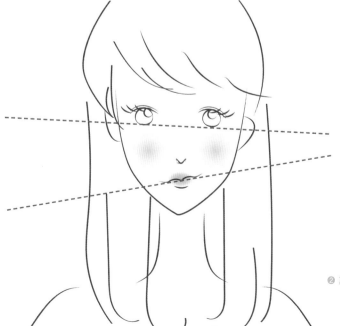

徒手整形的起源與發展

按摩的起源

在遠古時期，我們的祖先在勞動生產中或會遇到和野獸搏鬥的時候，受傷後會自然地用手去撫摸疼痛處，或會用手去按壓出血處，或會用手按揉紅腫處。如同古人發明鑽木取火一樣，後來人們發現用石片、木片等工具刮擦身體某些部位時可以緩解疼痛，又或者經過手的用力按壓可以令身體某些骨骼發生變化，經過長時間的經驗累積，逐漸發展，從而演變成一套獨特的治療方法，這就是推拿按摩。如今，推拿按摩已成為中醫的主要外治療法，也是現時最古老的物理治療方法。本書正是利用這種推拿按摩手法，根據人體骨骼與結構組成的原理，進行徒手整形，達到改變人體外觀與功能的微調整。

徒手整形的來源及其發展

「徒手整形」是起源於中國帝皇、古埃及和歐洲皇室御用的徒手治療醫學，起初應用在幫患者矯正骨骼架構，它運用生物學和物理學理論、技術和方法，研究人體生物系統的作用機制，通過物理塑形的運用，依靠專業特定手法可使人體全身經絡、深層肌肉、韌帶、肌腱、骨骼、關節等組織重新歸位、整理、修正加固，從而改善臉形、塑造優美形體。東晉時期葛洪著的古代中醫方劑著作《肘後備急方》是中國第一部臨床急救手冊，但它也是世界上最早記載了徒手整形方法的書籍，它描述了下頜關節脫臼整復方法，即牙骹歪、全脫或半脫的徒手整復手法。同時古埃及和歐洲皇室對徒手整形法也有相關記載。

近 18 世紀早期開始，人體骨骼調整便受世界醫學重視。1794 年，印度英文雜誌刊載了臉部前額皮膚修復的方法，很快流傳到世界各地，這便是最早的美容整形起源。1892 年，美國一名醫生發現頭顱骨是可活動的，便在整骨按摩治療法的基礎下，發展了一套顱骨按摩法，從此奠定了日後顱面骨治療發展的基礎。而在 1985 年美國人更是發展出「顱底骨治療術」這一創舉療法，集中利用調整頭顱骨的按摩術治療身體與骨骼肌肉及內分泌有關的病症，被視為現代徒手整形的開端。

近代發展起來的美國脊椎矯正學（Chiropracti）、日本的礒谷力學、韓國的經筋理肌術等療法經過百餘年的研究和實踐，推動國際徒手整形的發展，在歐美非常流行，對人類健康有不可磨滅的重要作用。其後，從修讀人體解剖學得知，骨骼肌肉神經系統是一個統一的整體，他們彼此制約，相互影響，只要某一部分發生形態變化和功能改變，都會導致其他部分發生適應性的變化，同時激發我們體內本身存在的自然調節機制。

目前市面上徒手整形專案主要分為四大版塊：五官精雕、臉形塑造、正骨整脊、身材塑造。通過徒手整形後不僅是當場見效，立竿見影，並且隨着我們身體自癒力的恢復，後期的效果會愈來愈明顯，和動刀手術後的整形帶來副作用效果相比真是千差萬別，更勝一籌。

現代徒手整形方法中，較為完善和得到國際認可的為日式整骨整形，它源於日本，是以骨科學、解剖學、人體生物力學、免疫學為理論基礎，通過日式整骨使骨頭縫隙變小、歸位，以起到骨骼矯正塑形的效果。這是因為日式整骨美容，第一解決了常規徒手整形，做完只能用視覺看，但說服力小的弊端。日式整骨美容的重要特點是在做前要量尺寸做完再量尺寸，用資料說話。第二解決了普通徒手整形在操作過

程中客人難以忍受的痛苦，日式徒手整形是按骨頭的縫隙走向原理，以四兩撥千斤的方法來操作。可以說，本書正是參考了日式整骨整形的方法，加上本人多年行醫經驗，逐漸形成一套集整骨、整形、健康調理、美容、骨骼矯正為一體的國際最新徒手整形方法，手把手教你 DIY 矯正臉形，就兩隻手，就能做出很多連開刀也未能做到的輪廓效果，一書在手，幫助你塑造良好的個人形象，擁有夢寐以求的完美身材。

如今，作為新一代的美容整形方法——起源於現代按摩推拿的徒手整形，已經風靡一時，它的手法具有簡單、實用、全面、高效、自然、提升健康為特點，在不動手術的情況下實現美容整形的效果，能夠對人體臉部的微調、整形範圍和效果起到非常大的作用，同時有效增加人體經絡和血管通暢性，充足人體氣血，從而達到筋骨舒展，經絡通暢，使人精神更飽滿充沛，彰顯活力與自信的狀態。相對手術整形，風險幾乎為零。故在此，借助「徒手整形」，我們不僅能有效調整自己的骨形，還能用來調節身體平衡，達到養生、保健的效果，為各位女士的美麗增加延續性。

以頭骨為例，眾所周知頭顱骨是由23塊骨頭板塊拼湊而成，骨塊本身是有柔軟度的，否則無法卸載外來壓力，所以骨是會變形的。其次，板塊之間有筋膜和韌帶維繫着，故此板塊之間是可以微調移動。骨塊需要依賴腦脊液沿脊髓向頭部供應營養、氧氣與水分，若腦脊液不能充足又順利地傳送到頭、臉部；又或是回流時，由於頸椎病或頸肌勞損而卡在頸部，那麼頭、面骨便由於營養不均而缺乏營養，繼而出現變形、走位。

除此之外，筋膜韌帶過度用力牽拉或負重，都會令骨塊被迫變形。另外，骨與骨之間是靠筋（韌帶與軟組織）維繫，而筋傷與肝臟、年齡、生活習慣、體質、情緒、局部解剖結構等內在因素有着密切關係。假若筋傷後，縱使筋已修復好，以為痊癒，原來內裏出現錯縫，結果外在表徵出現變形（如歪鼻、鴛鴦面），而內裏亦會出現

組織勞損，關節、筋膜、肌肉黏連，局部活動功能障礙或神經傳導異常，甚至器官病變。所以，不要忽視五官不工整帶來的隱患。

以鼻骨為例，鼻子在臉部的正中央位置，若果鼻骨歪斜，便影響整體面容的平衡，甚至會把鼻子拉扁。我們可通過推拿手法，將相關部位的組織軟化，再徒手將鼻骨、篩骨、上頜骨與額骨板塊移回到最佳的黃金比例，同時把相連的筋膜、韌帶與肌肉作出支持性的鞏固。除此之外，就連由於鼻骨歪斜而出現的鼻敏感、呼吸不暢、炎症、瘜肉、頭痛、頭脹、眼腫、眼肚、黑眼圈、面肌鬆弛和鼻鼾等都一併改善。

當然，徒手整形還可以改善頭形、記憶和思維能力、視力、聽力和一切腦的功能。而外觀上，則可改善額形、鼻扁、歪鼻、面肌鬆弛下垂、大細面、牙骹移位、歪下巴、下巴過闊、下巴短、高低顴骨、顴過高、顴外擴等骨與關節變形的問題。而本書重點關注因經常托頭、夾電話、習慣固定側某一方向睡而導致的大細面；因各種先天後天因素導致歪鼻、顴骨過高或不平衡等臉部問題。

鼻骨
正常

鼻骨
歪斜

徒手整形能達到甚麼效果

❶ **將皺紋一撫而平：**通過推拿按摩，使眼部細紋、法令紋、木偶紋等皺紋消失，使額頭紋路變淡。

❷ **將下垂變形的臉上提收緊：**皮膚不再鬆弛下垂，收緊眼肚，減輕黑眼圈。

❸ **將臉部輪廓修整：**臉部歪斜得到矯正，偏歪的鼻樑得到糾正，腮頰變小，成就人見人愛的側臉美人。

❹ **將五官輪廓立體修整：**換上上寬下窄的瓜子臉，一張柔和亮麗、受人喜愛的美麗臉龐，讓你真正擁有一張明星般的容顏。

徒手整形法的優勢

時代在進步，生活節奏在不斷加快，人生卻未必一切盡如人意，徒手整形作為新一代美容整形技術，其全面、高效、自然、健康特點，在不動手術的情況下實現美容整形的效果，幫助更多愛美人士實現自己的美麗計畫，它的優勢包括：

1. 科學安全

徒手整形綜合推拿學、解剖學、骨骼學和物理力學等多學科原理運用，利用美容整形技術，加以嚴格的技術標準和專業手法，讓讀者在安全的前提下調整骨骼。

2. 無痛自然

利用極其溫和的推拿按摩矯正手法，純手工中醫整骨技術操作，不打針，不吃藥，不微創，不動刀，安全，無副作用，無後遺症。通過調整骨間的縫隙，對骨與骨之

間及其周圍的軟組織進行調整，配合有針對性功能鍛煉，實現對軟組織的功能性整塑，使骨架回復正常位置，形成對稱骨骼，從而取得人體外觀最佳的輪廓美，具有不開刀、不注射的無痛自然特點。

3. 標本兼治，效果立竿見影

徒手整形除了美容整形和塑造優美形體外，結合中醫理論，通過按摩經絡，還能舒筋通絡、理筋整復，迅速活血化瘀，疏通人體營養和氣血的通道，調節神經，維持荷爾蒙的平衡，從而預防和治療多種病變，逆轉人體機能和延緩衰老，讓人年輕美麗，達到標本並治的全面效果。

徒手臉部雕塑項目

- 臉形雙向調整：國字臉改圓形臉、圓形臉改鵝蛋臉、鵝蛋臉改瓜子臉，窄臉改寬、窄下巴擴寬改形。
- 顴骨矯形：顴骨過高矯正、顴骨過於前突矯正、顴弓過寬矯正、顴骨不對稱矯正。
- 鼻骨調整：塌鼻挺高、歪鼻矯正、鼻節突起調整、鼻頭塑形等。
- 高低眼角、大小眼調整
- 嘴形調整：高低嘴角、歪嘴巴矯正、「一」字嘴、倒「U」形嘴改微笑嘴。
- 消除法令紋、祛眼袋
- 下巴矯形：寬下巴縮窄、歪下巴矯正、雙下巴消除術等。

顴骨的構造與運動秘訣

吸氣時顴骨的活動情況：人在吸氣的時候，頭顱骨是分離的，是矯正顴骨的最好時候。
吐氣時顴骨的活動情況：人在吐氣的時候，頭顱骨是合攏的，不適合做顴骨矯正。

臉部的整體審美觀

- **三庭五眼**
- **一縱四橫：**一縱 ── 從印堂、鼻尖、人中作一條線，看是否為一條直線，看兩邊是否對稱和大小臉等

  四橫 ── 看兩眉、兩眼、兩邊顴骨、兩側嘴角是否在一條橫線上
- **五官對稱、協調、圓潤、大小適中**

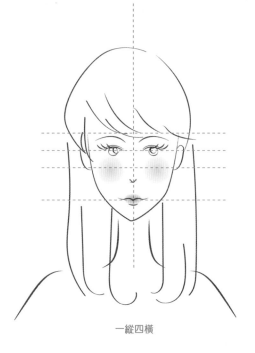

一縱四橫

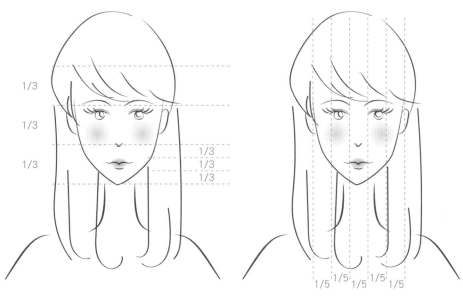

大三庭與小三庭   五眼

顱骨調整的準備工作

1. 在進行徒手整形法前，需要事先掌握臉部的整體審美觀：五官對稱、協調、圓潤、大小適中，還要根據自己的需求，確定整體調整方案。
2. 從繃緊的肌肉中揉壓蝶骨的軟組織（壓揉太陽穴），即可容易地釋放其他被卡住的顱骨。揉壓適可而止，且勿過度。
3. 使顱殼的神經與血管順暢。病人仰臥，醫師雙手的拇指放在患者前額左右隆起之處（此處是控制顱殼的神經和血管的），其餘四指則放在患者左右兩側的太陽穴。醫師的拇指在按揉的同時，其餘四指也在按揉太陽穴，釋放蝶骨，按揉要適當不可過於用力。
4. 調整枕骨、頂骨、額骨、顴骨等相關骨骼的骨縫和位置。

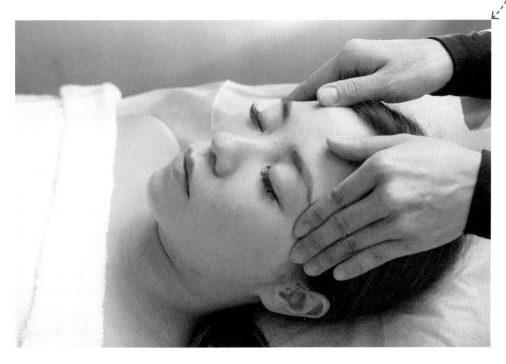

我的徒手整形學習之路

　　我之前只是譚醫師的一名忠實粉絲，認識醫師也有 20 年了，那時候正值青春期，她當時是香港著名的中醫美容醫師，我會經常來做美容針灸。後來因為佩服醫師的醫術和感嘆中醫美容的神奇，便在退休後開始跟醫師學習徒手整形，如今已經有 5 年了。經過一系列魔鬼式的培訓，我掌握了很多正骨技術和徒手整形方法。

　　與徒手整形結緣，是以往某次我無意間聽朋友說起，後來再向醫師請教相關問題，聽了之後首先是抱著懷疑的心態，心想世界上竟然還有如此神奇的技術，可以不開刀就可以做到骨骼正位的技術？

　　後來，我也在網上搜索查找徒手整形，但關於這方面的資料實在少的可憐，可以說是鳳毛麟角，但不管怎麼樣，我至少知道這種技術的存在，原來台灣很早就有這種技術了，現在很多明星都在做徒手整形。據我了解，在香港，譚醫師可以說是徒手整形第一人。她精湛的醫術和遠近馳名的口碑，加上她對徒手整形的積累經驗，她身上實在有太多東西值得我去學習了。於是，我決定參加譚醫師開的徒手整形課程。

　　來參加譚醫師的學習班的人數真不少，我在班上有系統地學習了五官精雕、臉形塑造、正骨整脊、身材塑造等項目，在學習的過程中，我遇到不懂的問題都會不恥下問，醫師雖然工作繁忙，還要照顧兩個子女和家庭，但她還是很樂意為我解答問題。現在，我雖然不是說取得很大成績，但這些學到的知識夠用一輩子了，我也在運用它給自己和家人進行身體美麗的塑造，也在不同程度上改變了骨骼臉形。

　　如今，欣聞醫師要出一本關於徒手整形的美容書，我真是齊齊舉起雙手雙腳贊同，這本書來得太好了，相信其專業、全面、深入的理論和技術知識，會給追求美麗的女士包括我自己帶來福音。祝願醫師新書大賣。

香港學員

徒手整形顴骨調整方法實例

假設有一位女士的顴骨一側前凸一側低平，需要調整顴骨，不知道諸君的調整思路是怎麼樣的？

① 首先鬆懈骨縫中的軟組織。
② 將手的力與枕骨吸成一體，輕輕的向後走，帶動枕骨向後移。（參考下圖）
③ 後移頂骨和顳骨，打開側顳、頂骨等結合處，將各部空間都調整好。（參考下圖）
④ 上移額骨。（參考下圖）
⑤ 將高側顴骨向斜外上方弧形旋推，使兩側顴骨恢復同一高度。

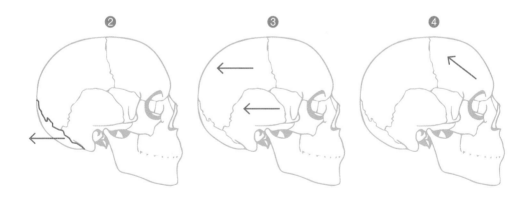

徒手整形的操作方法

徒手整形的操作，利用中醫傳統推拿技巧結合人體解剖學理論為指導，通過運用雙手作用於被施術者的頭臉部位、不適的所在、疼痛的地方，具體運用推、拿、按、摩、揉、捏、點、拍等形式多樣的手法，以期達到疏通經絡、推行氣血、扶傷止痛以及將移位的骨骼和組織重新恢復原位的療效。

推拿手法，即推拿中所施行的各種技巧動作。它通過許多不同形式的操作方法，可刺激人體的經絡穴位或特定部位。其中有的以按捏為主，如：按法、壓法、點法、拿法、捏法、掐法等；有的以摩擦為主，如：擦法、摩法、搓法、揉法等；有的以振動肢體為主，如：拍擊法、抖法等；有的以活動肢體關節為主，如：搖法、滾法等。

推拿對局部組織的作用，據觀察，直接接觸肌膚操作的摩擦類手法，可以清除衰亡的上皮細胞，改善皮膚呼吸，有利於汗腺和皮脂腺的分泌，增強皮膚光澤和彈性；強刺激手法，可引起部分細胞蛋白質分解，產生組織胺和類組織胺物質，加上手法的機械能轉化為熱能的綜合作用，促使毛細血管擴張，增強局部皮膚肌肉的營養供應，使肌肉萎縮得以改善，損害的組織促進修復；手法的斷續擠壓，可增快血液迴圈和淋巴迴圈。由於病變部位血液迴圈和淋巴迴圈的改善，加速了水腫和病變產物的吸收，使腫脹攣縮消除；牽拉、彈撥、整復等一些手法，如運動關節類手法，可解除軟組織的痙攣、黏連、嵌頓和錯位。

通過神經、體液，局部操作的推拿手法能對整體和其他組織產生作用。推拿能調整神經系統興奮和抑制的相對平衡。緩和較輕而又節律的手法，反復刺激，對神經有鎮靜抑制的作用。急速較重、時間較短的手法，對神經有興奮的作用。

身軀推拿復位操作方法

手法基本上可分為以下四類別：放鬆、溫通、助動、整復。

放鬆類常用手法

看譚博士示範
正宗手法

1. 一指禪

以拇指指端着力於治療部位，通過指關節屈伸及腕關節擺動，使產生的力持續作用於治療部位。可用於皮下、肌肉層及腸胃，適合用於全身各部位。

2. 滾法

用手背近小指側着力於治療部位，靠前臂旋轉及腕關節屈伸，使產生的力持續作用於治療部位。可用於肌肉層，適用於肌肉豐厚處。

3. 揉法

用指端、掌、魚際、掌根、前臂或肘着力於治療部位，施行輕柔的環旋動作。可用於穴位、腰背腹部、頭臉、腰骶及臀部位置。

4. 拿法

拇指與其餘四指對合，施以夾力，捏、提、鬆交替用於治療部位。多用於頸肩、四肢部位，適用於肌肉層位置。

5. 撥法

用拇指、肘垂直於肌腱、條索（筋結）、韌帶、神經位置，做成往返撥動的動作。用於肌肉層、神經幹部位。

溫通類常用手法

看譚博士示範
正宗手法

1. 摩法

掌置於腹部，做成環形有節律的撫摸。主要用於腹部。

2. 擦法

用掌着力於治療部位，直線往返快速擦動，用於
腰骶、四肢、肩背部，具有溫通經絡的作用。

3. 推法

用掌着力於治療部位，進行單方向的直線推動，
多用於背部、四肢，有通經活絡之功效，可參考
經絡循行方向推動。

4. 點法

按穴位之位置，進行點穴。

5. 振法

用掌置於治療部位，做成連續、快速的上下顫動，
通行腹氣，調理腸胃功能。

助動類常用手法

看譚博士示範
正宗手法

1. 頸部搖法

在頸部向上拔伸的基礎上，做出頸部緩慢的環旋搖動，並使搖動的範圍逐漸加大。用於治療頸部運動不利、頸椎病、落枕等問題。

2. 肩部抖法

雙手按在患者雙側肩井穴，輕輕着力將肩胛橫向外展，讓肩部肌肉放鬆。輕輕前後着力造成抖動，產生連續、小幅度、均勻及快速的抖動。

整復類常用手法

看譚博士示範
正宗手法

1. 頸部拔伸法

患者取坐位或仰臥位，醫師一手托着後枕部，一手置於下頜處，向後上方拔伸患者頸部。

2. 手指拔伸法

醫師一手握住患者腕部，一手用食指、中指夾着患者指端，迅速拔伸。

3. 頸椎定位旋轉扳法

患者取仰臥位或坐位，醫師用一手拇指頂着偏歪棘突一側，使患者頭部前屈至偏歪棘突並開始運動，使患者頭向棘突偏歪一側反向側屈，臉部同向旋轉至最大限度，做成一個可控制稍大幅度的瞬間旋轉扳動；同時拇指反向推按偏歪的棘突，聽到彈響聲表明已復位。此動作用於頸椎椎間關節紊亂。

4. 胸部提抖法

患者坐着，雙手交叉扣置於頸後，醫生胸部頂着患者背部，雙手從上臂前繞至頸後，扣着患者兩手背側，迅速向後上方提拉，同時胸部向前頂，聽到彈響聲表明復位。此動作適用於胸椎椎間關節紊亂。

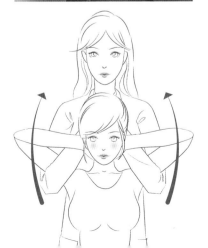

5. 背部按法

患者俯臥，醫師以雙掌掌根置於脊柱兩側，雙手交叉，待患者呼氣末，分別向外下方迅速發力，聽到彈響聲表明復位。此動作適用於胸椎椎間關節紊亂。

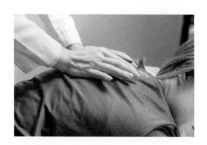

6. 腰部側扳法

患者側臥位，下方的下肢伸直，上方的下肢屈曲；下方的上肢置於胸前，上方的上肢置於身後，醫師站立腹側，一手置於肩前，一手置於臀後，臀部的手用力前推，兩手相對用力，加大患者腰部旋轉角度，至最大限度時瞬間用力，聽到彈響聲表明復位。此動作適用於腰椎椎間關節紊亂。

臉部手法技巧

1. 推

用手或掌等部分着力於被按摩的部位上，進行單方向的直線推動為推法。輕推法具有鎮靜止痛，緩和不適感等作用，用於按摩的開始和結束時，以及插用其他手法之間。重推法具有疏通經絡、理筋整復、活血散瘀、緩解痙攣、加速靜脈血和淋巴液回流等作用。

中醫理論認為：從遠端到近端的推送被認為是補，從近端到遠端被認為是泄。

2. 拿捏

拇指外展，其餘四指併攏，手成鉗形，將全掌及各指緊貼於皮膚上，作環形旋轉的揉捏動作，邊揉邊捏邊作螺旋形地向中心方向推進的手法稱為揉捏法。具有促進局部組織的血液迴圈和新陳代謝，能增加肌力和防治肌肉萎縮，緩解肌肉痙攣，消除肌肉疲勞和活血散瘀止痛等作用。

3. 按壓

用指、掌、肘或肢體的其他部分着力，由輕到重地
逐漸用力按壓在被按摩的部位或穴位上，停留一段
時間，再由重到輕地緩緩放鬆的手法稱為按法。具
有疏筋活絡、放鬆肌肉、消除疲勞、活血止痛、整
形復位，及消除和分散滯留在頭部的血液。

4. 撫摩

用拇指或掌根、魚際貼於患部，作不斷盤旋動作
的方法。快速法每分鐘 120 次左右，慢速法每分
鐘 50 次左右。目的是增加血液循環，並將血液
從顱腦肌肉組織內部提取到外皮層。

5. 一指禪（拇指搖壓）

用拇指的指端、指腹和橈側偏峰面着力於皮膚上，
運用腕部的橫向來回擺動以帶動拇指關節的屈伸
活動。目的是突破組織固定並改善血液循環。

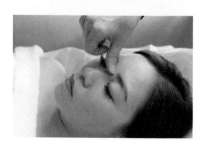

6. 滾動

用手背近小指側部分或小指、無名指、中指的掌指關節突起部分着力，附着於一定部位上。通過腕關節伸屈和前臂旋轉的複合運動，持續不斷地按摩於部位上，此稱為滾法。目的是平滑肌肉痙攣，消除疼痛，分散血液。

7. 揉

每分鐘旋轉 120 至 160 次。 這種技術可以在身體的任何地方使用。拇指外展，其餘四指併攏，手成鉗形，將全掌及各指緊貼於皮膚上，作環形旋轉的揉捏動作，邊揉邊捏邊作螺旋形地向中心方向推進。具有促進局部組織的血液循環和新陳代謝，能增加肌力和防治肌肉萎縮，緩解肌肉痙攣，消除肌肉疲勞和活血散瘀止痛等作用。

8. 摩擦

用手的不同部位着力，緊貼在皮膚上，作來回直線的摩動稱為擦法。輕擦法多用於按摩開始和結束時，以減輕疼痛或不適感。重擦法多用於其他手法之間。目的是緩解疼痛，增加血流量，增加和調節體溫，溫經通絡，行氣活血，增強關節韌帶的柔韌性等作用。

9. 搓

用雙手掌挾住患處，相對用力作快速搓揉，並同時作上下往返移動。手法由輕到重，再由重到輕，由慢到快，再由快到慢。該技術最常用於上肢，亦可用於顱蓋。目的是放鬆組織，增加血液循環。

10. 彈筋

用手指和拇指肌肉或肌腱組織，提起並握住組織3或4秒鐘，然後快速釋放。目的是分解黏連，刺激神經和加速血液流動。

11. 分筋

用雙手的拇指指端陷壓於一定部位上，適當用力來回撥動韌帶或肌纖維。目的是軟化和分解黏連，消腫散結並刺激關節內的正常功能。

12. 輕拍

用手掌或手的尺側面等拍擊體表的手法稱為拍擊法。常用的有拍打法、叩擊法和切擊法三種手法。緩緩的拍打和叩擊，常用於運動後加速消除疲勞；用力較大，頻率較快，持續時間短的切擊，常用於運動前提高神經肌肉興奮性。目的是促進血液循環，舒展肌筋，消除疲勞和調節神經肌肉興奮性。

13. 振動

目的是緩解疼痛，刺激血液流動，增強神經傳導。
（注意：此方法禁止低血壓的患者使用）
振動方式：
A. 一隻手快速且短暫的前後摩擦。
B. 一隻手環繞着另一隻手指，環繞的手被放置在
　 頭頂上，圍繞的食指快速擺動，在患者的頭骨
　 中產生振動。

14. 拔伸牽引

將顱骨的各個部位從近端牽引到更遠端。目的是
在縫合線內打開關節面，調節滲透壓，潤滑關節。

15. 搖（旋轉）

用兩手在病關節上下或前，托住或握住，左右旋
轉搖動，緩緩而行。目的是打破和溶解在顳下頜
關節中經常發現的黏連。

16. 擠

用雙手擠壓在一起，手指互扣。其目的是壓縮縫
線，分散多餘的水腫，或縫合損傷組織到關節內。

徒手整形的注意事項

禁止按摩的時間

飯後半小時內

飯後半小時內，人體的血液集中在腸胃，此時若按摩，容易造成消化不良。

發燒

因發燒代表免疫系統已在打仗，但按摩會使血流分散，故最好待燒退後才再按摩。

酒後

喝酒後由於肝要做大量解酒和排毒功能，故不適宜進行按摩，分散血流。

局部組織或周圍有異常時

骨頭、關節和皮膚表面若出現刀傷、擦傷、燒傷等皮膚外傷或其他皮膚病都不宜按摩。

飢餓或疲勞過倦

人體若處於飢餓或過度疲勞時，體內血糖偏低，按摩反而會耗損能量。

月經期

月經期時要排出子宮的經血，有些穴位會刺激神經反射而造成子宮平滑肌收縮，形成經血量過多等情況，故月經期間最好找專業人士幫忙。但在經期前或後則不會引起負面反應。

孕前孕中孕後

懷孕前中後進行骨骼按摩，會對孕婦身體、胎兒產生一定的影響，為安全起見，還是建議尋找專業人士幫忙。

最佳整形時間

早起後

早上剛起來，氣血最平穩，若沒有其他趕時間的壓力，此時是最好的按摩時機。

洗完澡

洗澡後身體血液循環加快，此時按摩骨頭容易達到理想效果。

睡前

臨睡前，心情、身體一般會比較放鬆，尤其是骨頭處於柔軟狀態，是徒手整形最佳時期。

吸氣時

是骨縫與骨縫放鬆的時候，即是骨頭分離的時機，也是按摩矯形的最佳時機。

現代都市女士以瘦臉、尖臉為美，以臉部皮膚緊縮為美，以單下巴為美。為此，很多女士們不惜花重金購買各種各樣的美容產品、護膚品，有的甚至想到動手術等方式。其實，現代中醫美容科學已經研究出一套適合女士們的徒手整形法，只要在家中每天堅持不懈地按壓，就能輕輕鬆鬆達到整形的效果。

顴骨調整的反應

① 徒手整形時，會發出關節彈響聲，屬於正常的現象。

② 徒手整形後會有酸脹的感覺，因為肌肉張力已經習慣不正確的位置，所以對於整形後骨頭回歸正確的位置會有不適應的感覺（如同剛劇烈運動過一樣），也是正常的現象。

操作後（一個星期內）注意事項

① 忌單手托下巴、單手托臉頰等容易導致面顴骨受力不均行為。

② 應平躺睡覺，不要側躺和趴着睡覺。

③ 不要吃過硬的食物。

④ 改掉長時期咀嚼香口膠的習慣。

⑤ 臉頰部不要大力運動。

③ 日常按摩矯形

身軀黃金比例

黃金比例具有嚴格的比例性、藝術性及和諧性，蘊藏着豐富的美學價值，這個比值被視為人體理想的美感，同時被認為是建築和藝術中最理想的比例。

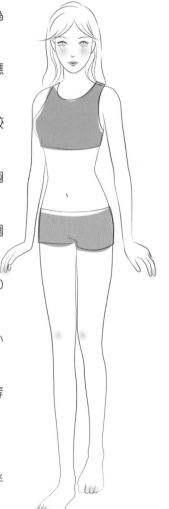

1. **上、下身段比例：**以肚臍為界，上下身段比例應為 5 比 8，符合「黃金分割」定律。

2. **胸圍：**由腋下沿胸部的上方最豐滿處測量胸圍，應為身高的一半。

3. **腰圍：**在正常情況下，量度腰的最細部位，腰圍較胸圍小 20 厘米。

4. **髖圍：**在體前恥骨平行於臀部最大部位，髖圍較胸圍大 4 厘米。

5. **大腿圍：**在大腿的最上部位，臀部折線下，大腿圍較腰圍小 10 厘米。

6. **小腿圍：**在小腿最豐滿處，小腿圍較大腿圍小 20 厘米。

7. **足頸圍：**在足頸的最細部位，足頸圍較小腿圍小 10 厘米。

8. **上臂圍：**在肩關節與肘關節之間的中部，上臂圍等於大腿圍的一半。

9. **頸圍：**在頸項中部的最細處，頸圍與小腿圍應相等。

10. **肩寬：**是兩肩峰之間的距離。肩寬等於胸圍的一半再減 4 厘米。

身軀按摩矯形

龜背頸

龜背頸即人體側面頸背部像烏龜背殼探頭的形態。常見因長期低頭或聳肩看手機、電腦或打字、搬抱重物、過度健身鍛煉等引致，不自覺地把頭愈放愈低，或把頸愈伸愈長，造成頸椎生理弧度變直，頸椎第七節與胸椎骨第一節角度後傾，形成龜頸的問題。頸項後肌肉緊張，沒有適當的伸展及放鬆會造成肌肉緊張，長時間下來會引致勞損，繼而令椎體被拉歪，影響正常生理弧度。

另外，胸部肌肉發達或背部肌肉過弱使肩部前旋，造成「圓肩」及「寒背」。臨床上，圓肩、寒背、龜頸往往同時並以不同程度出現，即患上交叉綜合症，這是頸項後部、上背部及胸部肌肉緊張，以及頸前屈肌及下背部肌肉鬆弛乏力綜合造成的症狀。患者站立時會出現頭部前傾、雙肩前旋及寒背的體徵，同時伴有頸膊痠痛及後枕部疼痛，嚴重時可能出現胸悶、呼吸不暢及手部麻痹的症狀。

中醫證型

中醫稱此類肩頸背痛為痹症，較常見的證型如下：

- 風寒濕痹型：肩頸背部痹痛，痛點遊走不定或疼痛劇烈、頸部僵硬、惡風惡寒。
- 氣血虧虛型：頭暈目眩、臉色蒼白、心悸氣短、四肢麻木不仁、神疲、倦怠無力。
- 肝腎虧虛型：眩暈頭痛、耳鳴耳聾、失眠多夢、肢麻頸痛，可伴有腰膝酸軟無力，久行不能。

整復手法治療

中醫徒手整復手法治療以舒筋通絡、解黏舒筋為原則，通過適當的復位手法及刺激穴位，如點、按、揉、推、掐、擦、拍、彈撥等手法，常用於風池穴、頸項百勞穴、肩部中俞穴、肩部外俞穴及肩井穴等，達到行氣活血、舒展筋骨、整復結構、調節臟腑經絡之目的，使氣血通暢，消除疼痛，促進組織營養供應，鬆解黏連與攣縮的組織。

徒手整復方法

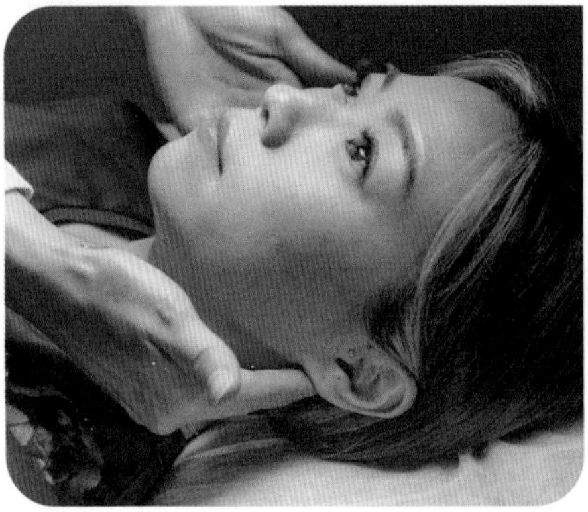

1 揉風池穴（雙側）各 30 次。

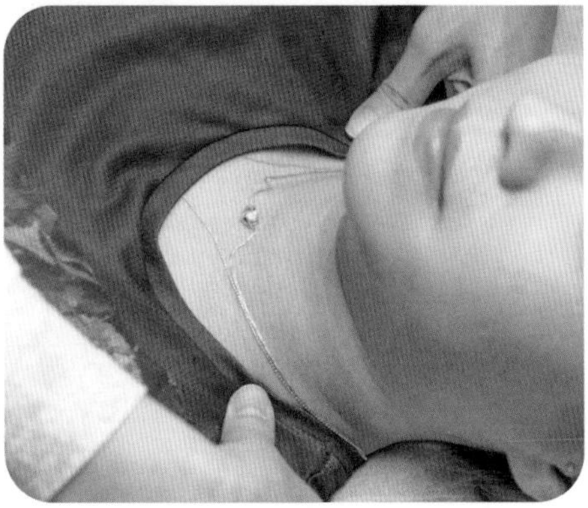

2 掐肩井穴（雙側）各 30 次。

看譚博士示範正宗手法

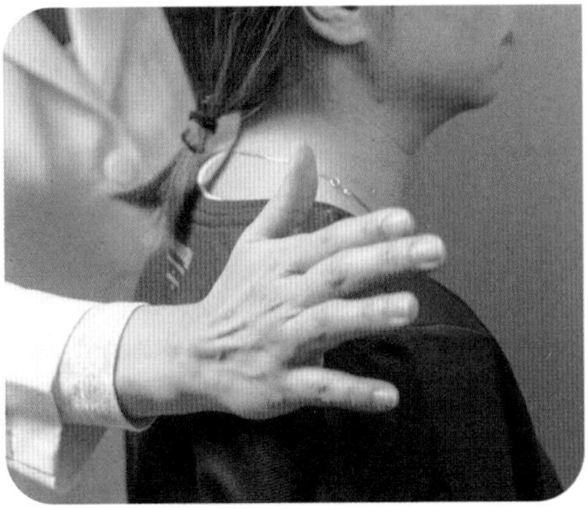

3 按壓天宗穴（雙側）各 30 次。

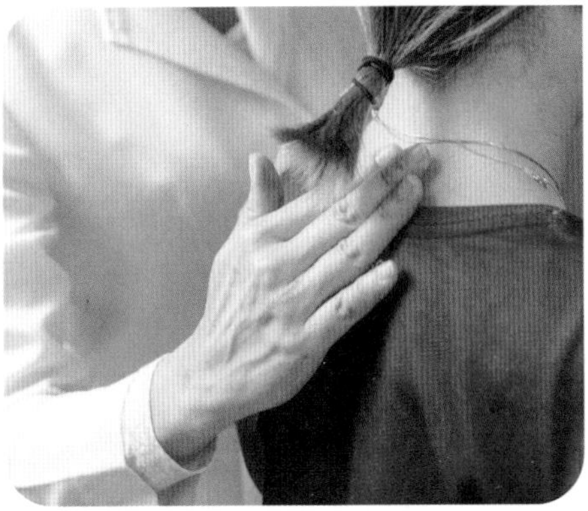

4 從第 2 胸椎往第 2 頸椎方向上推，30 次。

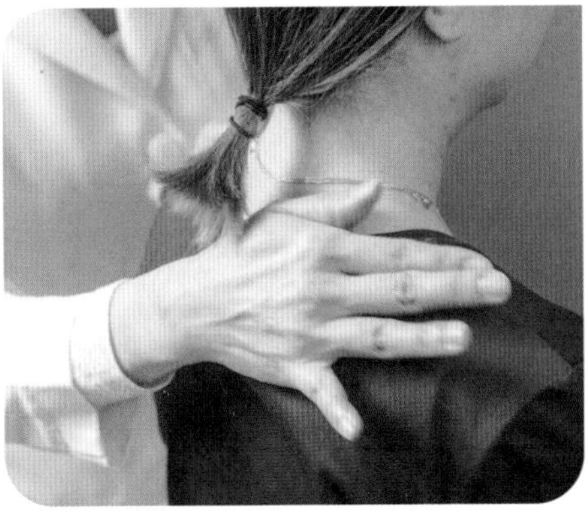

5 最後輕力拍打頸部百勞穴（雙側）各 15 次。

日常護養

患者需調整日常姿勢、適當休息及進行適度鍛煉，平時護養以防復發和反彈，減少長時間低頭工作，加強下背部肌肉鍛煉，多做頸背及胸部肌肉的伸展動作，持續並有效改善及預防「龜背頸」。

案例 1

客戶姓名：陳女士，42 歲

身體症狀：肩、頸、膊疼痛半年，近兩週更嚴重，伴有左眼簾下垂。

病史：由於使用電腦工作的關係，陳女士一直有肩、頸、膊不適的情況。今年，由於抗疫關係，使用電腦和手機的機會更多，每日平均使用 16 至 17 小時，故肩、頸、膊疼痛情況更見嚴重。

近兩週，突然出現左眼簾下垂，左邊臉部略感疼痛，特來求診。經詳細診斷後，陳女士由於經常垂頭觀看電腦和手機，姿勢欠佳，導致肩、頸肌肉勞損，經絡堵塞，繼而令第 5、6、7 頸椎及第 1、2 胸椎後凸，出現龜背頸的情況。肩、頸項腫脹內捫及水腫、肌肉黏連、條索和結節等，影響正常生理活動，令活動受限。同時，由於肌肉黏連和頸椎後傾移位關係，導致左頸部經絡堵塞和肌肉牽引到左側顳骨和左側顴骨，壓迫顏面神經出現左眼簾下垂和疼痛現象。

整復治療方法：由於結構移位，加上韌帶黏連、肌肉水腫導致經絡阻塞，採取徒手復位和按壓手法進行治療。

1. 在頸、項和背部以滾手法施行 20 分鐘，將局部肌肉放鬆、消腫和解黏。

2. 用指腹向上推按，沿着胸椎、頸椎到達風池穴，共 30 次，有助改善胸、頸、項的生理弧度。

3. 拍打龜背頸 30 次，有助韌帶解黏，消除水腫。

4. 以一指禪手法按壓左側太陽穴、陽白、顴髎、下關和地倉等穴位 40 次，有助顳骨縫和顴骨縫解黏，同時提升顏面及肌肉氣血功能，改善左臉疼痛和眼簾下垂現象。

* 每日 1 次，以 7 次為一個療程。

功效：經一個療程處理後，陳女士左臉眼簾下垂和疼痛現象消失，頸椎生理弧度復原，龜背頸消失。

癒後保健：改善日常坐姿和使用手機、電腦的習慣，每次使用手機、電腦 45 分鐘後，休息 10 分鐘。

富貴包

「富貴包」是由平時工作或不良姿勢，頸椎下段過度前凸及胸椎上段過度後凸造成的骨節錯位，後背上部頸胸交界處，在第 7 頸椎（C7）和第 1 胸椎（T1）有突出的包塊，令附近的肌肉繃緊疼痛，日積月累慢慢形成，尤其本身已「駝背」的人士需加強注意富貴包形成。

在中醫角度來說，「富貴包」位於大椎穴，大椎穴氣血不通，會堵塞六陽經和督脈，導致氣血不能上行於頭部，影響腦部供血，引起頭暈、頭痛、健忘、心慌、失眠和情緒不穩等問題，增加中風的風險。同時，大椎穴瘀塞會影響肩部、頸背的氣血運行，容易造成肩周炎、手指麻痹、肩部肌肉勞損，引起血壓高等症狀。

「富貴包」容易引起頸椎病，以頸項、肩臂、肩胛上背、上胸壁及上肢疼痛或麻痛最常見。病人往往因頸部過勞、扭傷或寒冷刺激令症狀加劇而誘發。

❀ 中醫證型

臨床症狀的產生隨病變在頸椎的平面及範圍而有差異，根據其臨床表現可分為以下類型：

頸型：頸椎各椎間關節及周圍筋肉損傷，導致頸肩背酸脹、疼痛、僵硬，不能做出點頭、仰頭及頭頸部旋轉活動的動作，呈斜頸姿勢。患者回頭時，頸部與軀幹共同旋轉。

神經根型：頸叢和臂叢神經受壓，造成頸項、肩胛上背、上胸壁、肩臂和手部放射性麻木、疼痛無力和肌肉萎縮，感覺異常。患者睡覺時，喜愛將傷肢放於上方，取屈肘側臥位。

脊髓型：頸脊髓因受壓而缺血、變性，導致脊髓傳導障礙，造成四肢無力、走路不穩、癱瘓、大小便障礙等。

椎動脈型：鈎椎關節退變、增生壓迫椎動脈，使椎動脈、脊髓前動脈、脊髓後動脈供血不足，造成頭暈、耳鳴、記憶力減退、猝倒（猝倒後因頸部位置改變而立刻清醒，並起來走路）。頸部側彎及後伸至一定位置，則出現頭暈加重，甚至猝倒。

交感神經型：頸部交感神經受壓，造成心率異常，假性心絞痛、胸悶、頑固性頭痛、眼痛、視物模糊、眼窩發脹、流淚、肢體發涼、指端紅腫、出汗障礙等綜合症（即霍納氏症候群 Horner's Syndrome）。

混合型：臨床上同時存在上述兩種類型或兩種類型以上症狀、體徵者，可診斷為「混合型」頸椎病。

✖ 整復手法治療

「富貴包」的整復手法治療主要以鬆筋理肌、舒筋通絡為原則，如通過點按、揉、推、擦、滾等手法，刺激風池穴、大椎穴、頸部百勞穴、肩井穴及天宗穴等，放鬆繃緊的肌肉，調理氣血，促進局部血液循環，令包塊回復正常。

徒手整復方法

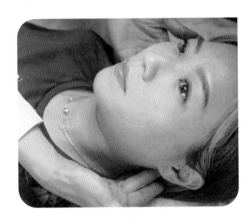

1 點按風池穴（雙側）各 30 次。

2 揉頸部百勞穴（雙側）各 30 次。

3 滾大椎穴 30 次。

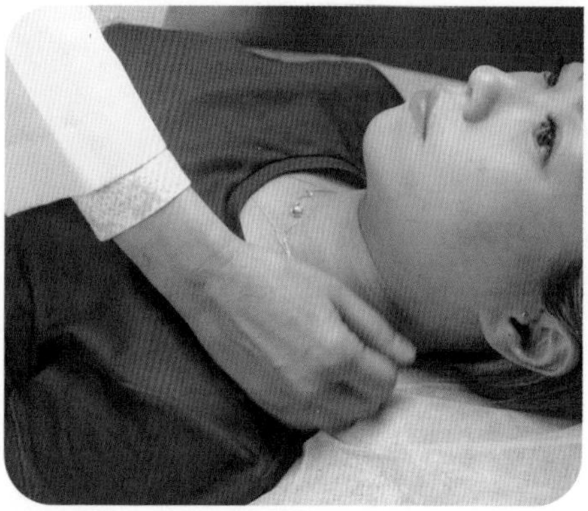

4 滾肩井穴（雙側）各 30 次。

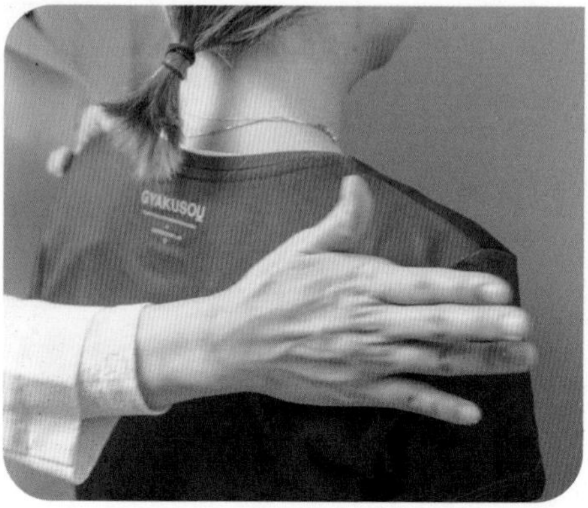

5 推天宗穴（雙側）各 30 次。

＊每日 2 次，連續整復 21 天，以觀察效果。

日常護養

患者日常護養可選擇合適的枕頭以貼合患處；或多做貼牆放鬆站立的練習，將頭部、背部貼着牆，下巴往內收，同時感覺頭頂向上拉，眼睛看下方，動作持續 10 秒，每天閒時練習，或每日堅持做 4 次，避免使頸椎、背部受風寒，注意保暖。

此外，平日多注意低頭時間不宜過長，多做肩部、頸部拉筋和背部肌肉鍛煉，也可適當地做運動，如游泳、羽毛球、瑜伽等活動，令肩頸部位得以放鬆。

雞胸

「雞胸」是一種較常見的胸廓畸形疾病，主要表現為胸前壁呈現楔狀凸起，如禽類的肋骨，多見於小兒，近十年成人患上雞胸亦有增加的趨勢。雞胸不僅對心肺功能產生影響，削弱呼吸器官抵抗力，還對體形產生影響，產生心理負擔。

造成雞胸的原因主要是在胎兒或嬰幼兒階段，胸骨與肋骨、脊椎骨發育不均衡，導致胸廓畸形。嬰幼兒階段營養缺乏，導致患上某些營養不良性疾病，如小兒佝僂病。長此以往對胸骨發育產生影響，進而出現胸廓畸形，繼發於胸腔疾病，如先天性心臟病，擴大的心臟對胸壁產生壓迫，進而造成胸廓畸形。

✖ 中醫證型

中醫認為雞胸屬於佝僂病的範疇，主要因先天稟賦不足，營養精微攝入不足，證型如下：

肺脾氣虛：表現為形體虛胖；神疲乏力；臉色蒼白；多汗；髮稀易落；肌肉鬆弛；大便不實；納食減少；囟門增大；易反復感冒。舌淡，苔薄白，脈細無力。

脾虛肝旺：表現為頭部多汗；臉色少華；髮稀枕禿；納呆食少；坐立、行走無力；夜啼不寧，時有驚惕，甚至抽搐；囟門遲閉；齒生較晚。舌淡，苔薄，脈細弦。

腎精虧損：臉白虛煩；多汗肢軟；精神淡漠；智識不聰；出牙、坐立、行走遲緩；頭顱方大，雞胸龜背，肋骨串珠，肋緣外翻，下肢彎曲，或見漏斗胸等。舌淡，苔少，脈細無力。

整復手法治療

對於輕度的雞胸畸形患者，可透過手法整復治療方法以輔助改善矯正，並同時健脾和胃、補腎養骨。嚴重者則需透過手法復位治療及術後的中醫調理。

徒手整復方法

整復手法主要可選擇以下療法：

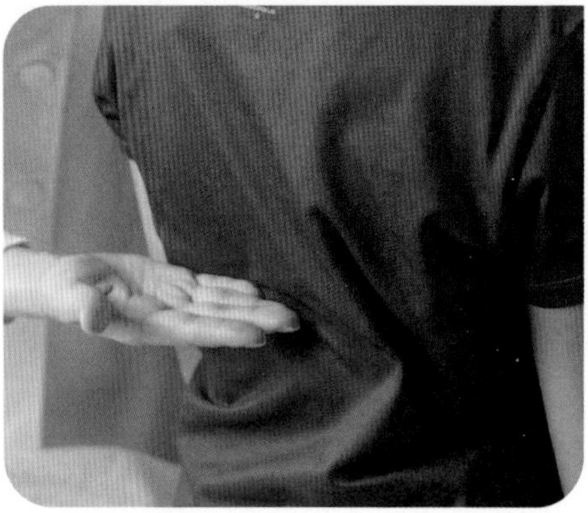

1 **補脾經：**用小魚際肌肉在脾俞穴來回推 300 次。

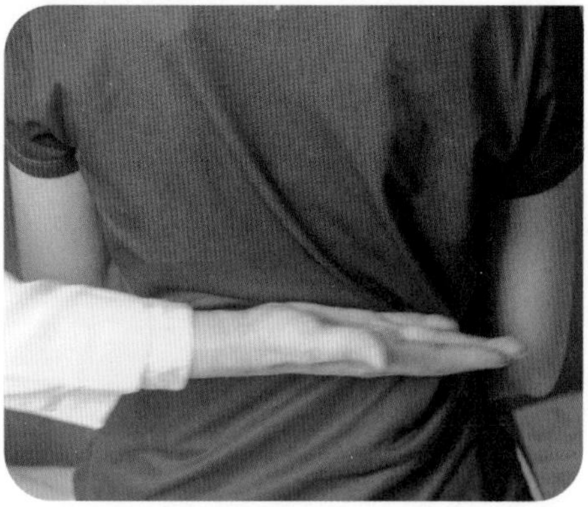

2 **補腎經：**用小魚際肌肉在腎俞穴來回推 300 次。

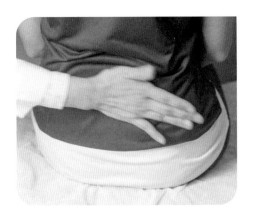

③ **揉膀胱俞：**用手掌揉推膀胱俞 50 次。

④ **摩中脘：**位於臍上 4 寸（胸骨下端至臍連線之中點），用掌心或四指摩中脘 5 分鐘。

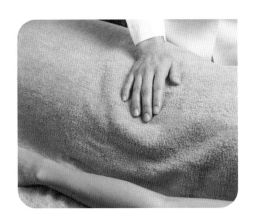

⑤ **揉丹田：**位於小腹部（臍下 2 寸與 3 寸之間）。用大魚際揉丹田 2 分鐘。

6 **捏脊**：捏「夾脊」穴，位於腰背部，在第 1 胸椎至第 5 腰椎棘突下兩側，後正中線旁 0.5 寸，一側有 17 穴，左右共 34 穴。以兩手沿着脊柱兩旁，用捏法把皮捏起來，邊提捏邊向前推進，由尾骶部捏到枕項部，重複 5 遍。每天捏 2 次。

＊連續處理 30 天，以觀察效果。

✖ 日常護養

雞胸患者平時可多於早上勤曬太陽，以日光浴、中藥湯療或服用補充劑，以補充維他命 D；也可運動慢跑，促進內臟活動，增大呼吸量，改善胸廓發育不良的情況。

此外，可多做保健操改善體形，方法如下：
- 呼吸起落操：雙腳分立與肩同寬，保持站立姿勢，全身放鬆，微閉雙眼，雙臂緩慢向前平舉到頭頂，同時吸氣，停一會，自然下落，伴以深呼吸，每日 3 次，每次 10 分鐘。
- 單雙槓翻筋斗：每日清晨空腹進行單雙槓翻筋斗運動，但不要太勞累，以自身的實際耐受情況為準；以掌上壓或持啞鈴做雙臂前平舉練習，每日 4 次，每次 10 分鐘。

脊柱側彎

脊柱側彎，人看起來都變矮了，其實與高低胸或高低肩互為因果，相互影響。
高低肩是肩胛骨上抬引起。當肩胛骨上抬時，胸椎會發生側彎，日久會導致高低胸。
若先出現高低肩，造成脊柱兩側肌肉張力不均衡，日久會導致脊柱側彎；如先出現
脊柱側彎，肩膀也會產生代償，出現高低肩和高低胸。

然而，骨盆任何傾斜與旋轉會對整個脊柱的形狀與結構力學走向造成很大、很長遠
的影響，骨盆歪了，整個脊椎和胸椎也必定側歪。

❈ 中醫證型

中醫稱此類引起的疼痛、臟腑失調和外觀異常為痹症，較常見的證型如下：
風寒濕痹型：肩頸、背部痹痛，痛點遊走不定或疼痛劇烈，頸部僵硬，惡風惡寒。
氣血虧虛型：頭暈目眩、臉色蒼白、心悸氣短、四肢麻木不仁、神疲、倦怠無力。
肝腎虧虛型：眩暈頭痛、耳鳴耳聾、失眠多夢、肢麻頸痛，可伴有腰膝酸軟無力，
久行不能。

❈ 整復手法治療

中醫徒手整服治療以疏通肩、頸、背、腰部的經絡，並運用合適的整復手法回復脊椎、
頸椎與盆骨錯位，改善肌肉緊張。通過適當的手法及刺激穴位，如按、揉、推、滾、
擦、撥筋等，刺激風池穴、大椎穴、頸部百勞穴、肩井穴、腎俞穴、關元俞、小腸俞、
氣海俞、命門穴、腰部陽關穴及阿是穴等，疏通膀胱經，以行氣活血、舒展筋骨、
調節臟腑經絡，使氣血通暢，鬆解黏連與攣縮的組織，結構整復，疼痛消除。

徒手整復方法

1 按風池穴（雙側）每日 3 次，每次 30 壓。

2 擦大椎穴，每日 3 次，每次 30 下。

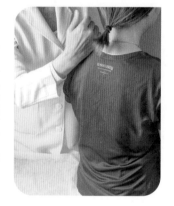

3 滾頸部百勞穴、大椎穴、肩井穴、腎俞穴、腰部陽關穴、華佗夾脊穴等，每日 3 次，每次 30 下。

4 撥筋、擦和推腎俞穴、關元俞、小腸俞、氣海俞、命門穴等，每日 3 次，每次 15 分鐘。

＊以上手法連續操作 30 天，以觀察效果。

日常護養

平日養護需多加注意姿勢習慣，避免駝背或長期低頭，引起局部氣血循環不暢。避免單側倚靠或單腳久站，長久會引起整體脊椎歪斜。此外，也避免翹腿，減少盆骨移位風險；也可多作肩頸腰部針灸，促進氣血與臟腑經絡循環。

案例 2

客戶姓名：張小姐，35 歲

身體症狀：肩、頸酸痛，容易疲累；右手發麻 3 個月，近兩週情況加重。

病史：由於疫情關係，張小姐經常使用 Zoom 或 FaceTime 以網絡聯繫方式跟同事、朋友或家人見面，慢慢地她的家人注意其肩與頸的角度增大，彷彿沒有頸項一樣，呈現三角肩的狀況。

初時患者以為是自己緊張而不自覺把肩膊抬高，漸漸地發覺，縱使在放鬆狀態下，肩膊也依然高聳，甚至圍上的頸巾也會經常滑落，除了疼痛之外，亦影響外觀。

經詳細診斷後，患者由於經常駝背或枕頭墊得太高，導致頸椎變形、斜方肌肥大，出現溜肩的情況。肩部與頸部的角度較大，當頸根處與肩線夾角 ≥20°時，正面頸肩部呈現三角形。

由於頸椎變形，斜方肌肥大，導致頸、肩酸痛，肥大的組織出現水腫壓迫上肢神經，造成手部麻痺。同時，患者有腰酸腿軟、久行無力、眩暈頭痛、耳鳴耳聾、失眠多夢的症狀，是典型的肝腎虧虛型。

整復治療方法：復位手法治療以舒筋通絡，將結構回復到正常生理解剖位置為原則，並配合針灸。

復位手法：

1. 按揉頸椎，由 C7 到 C2，來回 10 次。
2. 在雙側頸部百勞穴和秉風穴以推、滾手法施行，每側 20 次。
3. 在雙側斜方肌以撥筋手法施行，每側 20 次。

針灸治療：由於肝腎虧虛，針刺風池穴、大椎穴、肩井穴、肝俞穴和命門穴等穴位，佐以艾灸，留針 20 分鐘，隔日 1 次，以 7 次為一個療程，可疏通膀胱經，以行氣活血、舒展筋骨、調整臟腑功能，使其氣血通暢，疼痛消除，鬆解黏連與攣縮的組織，達至頸椎平整與補肝益腎之效。

功效：患者治療三週後，消除肩、頸疼痛和手麻狀況，頸椎回復正常生理弧度，三角肩亦相繼消失。

癒後護理：以下這些運動有助訓練肌肉群：

1. 糾正溜肩情況，可多拉伸肩頸部位，平時多聳肩，坐着或站着時，把整個身體坐正，慢慢地將肩膀聳起來，堅持 10 秒以上，保持不動，感受肌肉的發力，再慢慢的放下去，來回 10 次，每天做 3 至 4 次。

2. 將雙腿打開，與肩同寬，雙手提重物，建議兩邊重量一樣，如樽裝礦泉水。隨後將雙臂舉起，慢慢地提起手臂，直至與地面保持水平後，慢慢地把雙手放下去，每次重複約 10 次。

3. 做平板支撐（雙手前臂、腳尖着地，如掌上壓姿勢），下巴微收，感受到斜方肌用力。

扁平胸

扁平胸是一種常見的胸廓畸形，胸廓狹長平坦，先天或後天因素皆有影響。

常見病因有以下因素：

- 乳房先天性雙側或單側發育不良；
- 胸骨、肋骨、鎖骨或肩胛骨結構異常；
- 哺乳後乳房萎縮；
- 雙側乳房輕度鬆垂導致不對稱；
- 乳腺腫瘤保留乳頭、乳暈皮下乳腺切除術後；
- 體重急劇減輕、體形驟然消瘦；
- 乳腺癌手術後。

又或因肺部炎症，肺不張、肺萎縮、肺膿腫、肺葉切除，肺的實變都會導致扁平胸。

中醫證型

中醫理論認為乳房發育影響因素主要有以下兩點：

1. **氣血不足：**多與女性先天遺傳不足，體質不強有密切相關。父母遺傳缺陷，胎中失養，孕育不足及後天餵養不當，營養不良，長期姿勢體位欠佳等因素，是造成女性體質不強和結構不良的主要原因，最終導致女性氣血不足，機體失養，乳房發育不良。
2. **脾胃氣虛：**脾胃是人體儲藏食物的地方，主要負責消化和運送營養物質，若平時因不良飲食習慣和過度勞累損傷脾胃，令脾胃氣虛，清陽下陷，可導致乳房發育不良或下垂。

徒手整復方法

1 **按揉大椎穴：**坐位，頭稍低，用手掌按揉大椎穴 2 分鐘，按揉時有酸脹感。

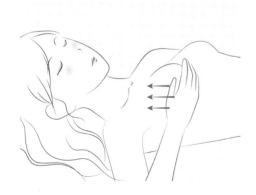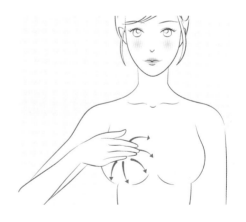

2 **托推乳房：**取仰臥位，先用右手掌面托住右側乳房底部，用輕柔的力量緩緩向上托推乳房，放開後再次進行，共 12 次，手掌向上推時不能超過乳頭水平。然後換左側輕推托，雙側共做 24 次。

3 **輕抹乳房：**在乳房部位塗上脂蛋白乳液，雙手四指併攏，用指面由乳頭向四周放射狀輕抹乳房 1 分鐘。

4 **捏肩井：**拉提肩井（雙側）各30次。

5 **搓肋骨：**取側臥位，當身體向左側臥時右手搓右肋骨，來回計1次，共40次。

功效：以上的方法可促進乳房充分發育，並增強乳房彈性，疏通經絡、健美乳房，適用於乳房下垂、扁平者。以上整復法連續30天，以觀察效果。

❋ 日常護養

平時護理需注意挑選合適的內衣及調整不良的體態，多塗脂蛋白乳液作徒手整復或針灸，多運動，糾正駝背的體姿。若氣血不足者，可配合中藥與針灸，積極調理身體。

案例 3

客戶姓名：馬小姐，30 歲

身體症狀：扁平胸

病史：由於疫情關係，馬小姐久坐久臥，體重上升，全身發脹，胸部卻一點「進帳」也沒有。病者從小到大都是扁平胸，嚴重影響自尊心。

經詳細診斷後，馬小姐由於長時間使用鋼線胸圍，令胸肋骨內陷，加上嗜吃生冷和零食，令脾胃氣虛導致乳房發育不良或乳房下垂。

（＊脾胃是人體儲藏、消化和吸收食物營養的地方，負責運送營養物質。若平時因不良飲食習慣、情緒不穩和過度勞累等損傷脾胃，令脾胃氣虛，清陽下陷。）

整復治療方法：施行徒手整復和針灸的療程，包括：按揉大椎穴、托推乳房、輕抹乳房、捏肩井、搓肋骨等手法，促進乳房發育，增強乳房彈性，疏通經絡。

針灸治療：由於脾胃氣虛，針刺中脘、足三里、血海和三陰交等穴位，佐以艾灸，隔日 1 次，以 7 次為一個療程。

功效：一個月後，患者的上圍增加 4.5 cm，脾胃功能提升，自信滿滿。

癒後護理：

1. 挑選合適的內衣。

2. 多塗脂蛋白乳液作局部按摩，加強胸部營養。

3. 多作伸展動作，糾正駝背和不良的姿勢。

4. 均衡飲食，戒吃生冷食品。

鼻骨按摩矯形

擁有美麗的五官，才可以擁有漂亮的臉蛋，排在五官之首的鼻子首當其衝，它也是臉部美貌的關鍵所在。鼻子有「五官之王」的美稱，因為它位於臉部中央位置，起到黃金分割點的作用，和嘴、眼的承上啟下作用。如果你的鼻子又肥、又圓、又塌、怎樣讓鼻子變挺、變清秀就成為了你最關心的環節。鼻子在中醫裏有「上診於鼻，鼻部解剖圖下驗於腹」的說法，可見在臉部望診中鼻的價值頗大。

鼻子在相學裏是代表着「眾財之地」，能象徵此人的財富運，鼻翼代表財庫，鼻孔代表金錢觀，此外鼻子也有象徵官運之說，關係到財富、事業和健康等氣運。

男士鼻子高而挺，豐隆飽滿，是非常好的面相。這代表男人的財運比較好，高貫意味着財運崛起之象，同時暗示着事業地位比較高，順利的事業自然會帶來較好的財運；在學業上如果沒有甚麼成就，那麼鼻子高的男人，也會憑着自信與幹練，在事業上有所成就。

女士鼻子高挺有自己的主見，豐滿有肉，這樣鼻子面相的女人一般意志較為堅定，而且處理事情卻相對的圓融，遇事不懦弱的同時還有決斷力，不僅財運好，事業和婚姻也會一帆風順。

鼻子位於臉部正中，根部主心肺，周圍候六腑，下部應生殖。所以，鼻子及四周的皮膚色澤最能反映五臟六腑的疾病。鼻子是保障我們呼吸的重要器官，給鼻子按摩，抹全鼻有助於我們的鼻子保持健康的狀態。

方法適用人群

- 低鼻頭；
- 鼻樑形態不佳，鼻尖短平漏鼻孔或下垂，鼻翼過長，鼻頭肥大；
- 鼻骨過寬，形態不對稱；
- 鼻骨中段明顯可見骨性突起，鼻樑流暢性比較差。

鑒於以上適用人群，徒手整形鼻骨的美學理念為：

自然美：以基礎為上、協調、柔和為美，個性突出，張揚有度，提高眼緣為自然美。

韻味美：由內而外散發出迷人的魅力，動有「神」，靜有「形」為韻味美。

職業美：以相貌影射職業，以職業凸顯特質為美，彰顯個人魅力。

時間美：以逆齡和延續為美。

逆齡美：雖有歲月卻有青春活力。

美的標準

精緻：局部美，按摩部位的每一個組成單位的精緻度。

自然：過渡美，按摩部位的組成單位之間以及部分與整體的自然度。

和諧：整體美，按摩部位與其他身體部位及整個人體的和諧度。

譚博士你好，我的鼻子比較塌，長期按摩鼻骨能不能讓塌鼻子變高？會不會出現反作用，令鼻子變得更大？原理是甚麼？

在五官（耳、鼻、口、眼、眉）中，對於長相來說最重要的自然是鼻子了。若果鼻形不理想，那麼按摩就是最好的選擇，不疼痛且零風險，只要堅持操作，一定會有效果的。

至於鼻子徒手整形的原理，乃人的鼻子是由 7 塊軟骨組成，膠原約佔軟骨有機成分的 40%，可塑性強，通過膠原蛋白與按摩對軟骨的形狀進行矯正，可以使塌扁鼻子的軟骨變得細長，堅挺。鼻樑的關節有鼻間縫、鼻頜縫、額鼻縫、上顎間縫，這些裂縫跟上頜骨、額骨、顴骨都有關係，所以按摩調整鼻骨時除了考慮整體顱骨力學以外，最重要的是要思考到額骨、上頜骨和顴骨的三組骨頭塊，所以鼻子的直接調整就是針對鼻骨進行按摩，間接調整就是利用額骨、上頜骨、顴骨的槓桿力學來改變鼻骨的位置（包括鼻中膈彎曲）。每天早晚按 10 至 15 分鐘，經過 1 個月後，鼻樑會變得明顯堅挺、美觀。根據個人情況的不同，一般 1 周開始見效（有些人持續 2 周透過操作效果會比較明顯），2 周以後，可以達到理想的效果擁有完美挺鼻，但之後最好兩天一次的鞏固，持續一個月，這樣才能擁有完美挺翹的鼻子哦。

關於是否有效，已經有無數真實事例證明徒手整形法的效果，下面是一位讀者的成功經驗，她來信講述她的成功經歷，徵求她同意，現在摘錄與大家分享成功案例：

還在 2 年前，我的鼻子又塌又扁，那時候想着我這輩子都與明星的挺鼻樑無緣了，臉也是圓圓的，沒有下巴，嘴巴也因為咬合關係而讓我很不滿意，被人家取外號「多啦 A 夢」。那時候還是中學生，吵着父母要去韓國整形，卻又遭拒絕，我的父母還多番糾正我的思想，記得當時一哭二鬧了一番，都無果而終。

但如今，我通過譚博士的徒手整形方法嘗試了半年，效果真的很明顯，鼻子變靚了。我的同學和家人、現在的朋友看到我都十分驚訝，說我變了，我媽媽還曾經質問我是不是偷偷去整容了，我告訴她我的秘訣，愛美的媽媽也學着這個方法自己捏鼻子，我們兩個現在鼻樑都很挺，這讓我們感到前所未有的愉悅。總之，個人最大的體會是，即使不動刀整形，也可以通過自己的雙手變得更漂亮、更健康。感謝譚博士。

鼻子好看，三分在鼻樑，七分在鼻尖。此按摩能達到高雅清秀，形態自然，臉部和諧。

1 抹全鼻：
給鼻子按摩，能夠讓鼻部皮膚濕潤有光澤，使鼻腔的血流通暢，可以增強局部氣血通暢；並且具有潤肺的功效；能夠使我們的肺臟部免受空氣的刺激，免除咳嗽，還有預防感冒的效果，增強身體的免疫功能。

**2 用兩手的食指或者右手拇指、食指分別放在鼻子兩側搓擦，從晴明穴下、鼻根、鼻樑、鼻翼至鼻下孔旁的迎香穴，約 3 分鐘，然後夾住鼻樑骨兩側，然後手指按住不動，輕輕按壓並持續施力保持約 5 至 8 秒，這個動作要重複 5 次。

3 右手手指併攏，然後放置鼻根骨和內眼角之間，進行輕緩的向內側推的動作。右邊做完後就換左手，一樣手指併攏，做左邊鼻甲骨，兩邊交替進行。動作每次按壓後停定 10 秒。每邊重複 5 次。

❗ 注意事項

剛開始按的時候一定要堅持每天按、沒事就按、連續按 7 天左右，讓鼻子的軟骨開始一點一點地重新「醒」過來，變得更軟更易改變形狀。然後改成按摩 4 天，休息 3 天。適合地隔着時間按鼻子的刺激效果反而會更快見效——相信按摩過鼻子的，還有使用過睫毛生長液等等的女士都會有同感，人體的適應和吸收能力需要一定時間間隙。按到鼻樑比較挺了後，改成按一天停一天，這樣按半個月。這時軟骨和周圍肌肉（比如鼻頭，要調整鼻頭的話，從這個時候開始是最有效）的調整力已經比較敏感，若想再加強效果偶爾按按就足夠。

關於鼻骨徒手整形的那些事

生活在宣傳美、人人愛美、追求美的媒體時代，我們雖然平時不強調以貌取人。可是，如果一個人外表有缺陷，無論在甚麼場合，雖然大家嘴上都說不歧視，一到關鍵時候便能看出來。當你走在大街上，不小心撞到一個人，別人一眼便看到你的缺陷，他（她）便會自然的露出異樣的表情。如果你身處一個面試場合，因為你的外貌缺陷，僱主肯定第一個把你淘汰掉。雖然很多人都說內在美最重要，可是又有幾個人看到一個外表有缺陷的人願意花時間用愛心去了解她的心靈美呢？

以前人們的生活水平還沒有那麼高，因此，外表的缺陷，會讓自身自卑起來，抬不起頭做人。現在，科技時代的來臨，他們的福利到了，那就是：整形。現代社會充斥着形形色色的美容或整容院，有些女士一時心急，被誇張宣傳沖昏了頭腦，或者為了追星想要向偶像看齊，或者有其他的目的，比如通過鼻子整形可以帶來自信；可以讓人們過上正常的生活等等，所以，有些人跑了去進行隆鼻整形手術。

但是，鼻子整形也有風險的，比如可能會導致假體錯位，然後外露出來；引起感染，變得紅腫和疼痛；出現過敏和鼻瘜肉等等，有些還會麻藥過敏或弄致自身鼻骨移位等的嚴重後果。幸好，有徒手整形法可以幫到你。

患者徒手整形試驗後反饋

近視，做激光手術，不可以見光；下巴，做尖下巴手術，不可以用力擠壓；臉部手術，不可以使勁揉搓。本來，身體的每一個部位都是由自身自然長成形的。如果經過外力的改變，是需要時間磨合的。因此，同樣，鼻子徒手整形之後，最好 7 天之後再戴眼鏡，因為鼻子經過了外力矯正與復位，雖然骨塊是固定了，但筋膜、韌帶與軟組織需要約 7 天才可達到理想的修復，所以建議當鼻子定形之後，休息 7 天才重新調較與佩戴眼鏡。

BELLE 是一位 OL，29 歲，身材高挑，鼻子坍塌、平小，還略有歪斜，通過徒手整形做鼻子後，最近戴上眼鏡後出現一系列不適反應，於是她電郵求助，希望我能幫她解決問題——這也許是很多做過徒手整形的女士們的煩惱，為給讀者一個參考，徵求 BELLE 同意授權，將她的電郵反饋刊登在本書。藉此鳴謝 BELLE 的授權與反饋信息。

譚博士你好，我是 BELLE，以前經常來貴診所做美容針灸的那位女士，你那時還誇我是身材苗條的模特兒，還記得嗎？自從數月前我聽了你的課，就跟着學做徒手整形。如今，一轉眼，我徒手整形做鼻子就快三個月了，現電郵分享一下我這些日子的一些心得。

其實，最開始是因為我的鼻子非常塌，看着還有一點歪斜，下巴又比較短，臉部又不飽滿，看着就很顯老。我之前聽聞譚博士的「徒手整形法」享譽全港，後來就慕名來學習了。愛美之心，人皆有之。看着其他女孩子很漂亮，我怎能不心動？於是我立即行動了，因為我也想做出一些改變。最初一周是非常難受的，並不是說徒手整形有多痛苦，而是堅持實在太難了，它需要我們時時刻刻、每天都要繼續，而且每次按摩完後就馬上跑去看鏡子，聽醫生話是在起作用了。如今鼻子相當堅挺，照起相來臉部顯得非常立體，看起來也很自然，毫無壓力，跟以前的同學見面他們都說我變漂亮了，覺得我哪裏不一樣了，其實很好的朋友是可以看出我做了鼻子徒手整形的，畢竟變化這麼大，最近一段時間還經常被誇鼻子好看，剛開始還有些不好意思現在都已經習慣了。我自己平時也謹記譚博士您的叮囑，堅持按摩、整骨，因為畢竟臉是自己的，我要對自己的臉負責任。

當然，我現在遇到一些問題，需要來求助。

嘗試了 2 個月，也堅持下來了，如今我的鼻樑確實變窄變高了，但同時，在堅持徒手整形的時候向中間擠壓也愈來愈困難，以前也用塑料夾子夾過鼻樑，但已經放棄很久了。我重新戴起好久沒戴的眼鏡，短時間佩戴還好點，但如果時間太長鼻樑就會被壓得很痛，不得不摘下眼鏡，可是摘下眼鏡我看東西都是模糊一片，而且還會驚奇地發現鼻樑上一側出現很深的壓痕，另一側卻沒有出現。後來不得已換了隱形眼鏡，但佩戴起來太麻煩了，而且眼睛有點癢，我還擔心長期戴隱形眼鏡的話，眼睛會出問題。

另外，還想請教一個問題，我因為長時間戴眼鏡，鼻子內側有壓痕，感覺很難看，現在基本不戴眼鏡了，改用隱形眼鏡，怎樣才能去掉壓痕，有沒有甚麼快速的方法？謝謝！

之前自己不怎麼在意這些問題，但是自從自己戴上眼鏡之後，發現我的眼鏡老是往下掉，怎麼回事呢？

鼻樑痛個不行的時候，如果是遇上周末宅在家裏，我通常在鼻樑疼痛處貼上膠布，這樣就可以減輕眼鏡對鼻樑的壓迫，從而疼痛也可減輕或者消除。請問這種方法是否湊效呢？

我還想過使用一根繩子將眼鏡穿起來，然後戴上眼鏡鬆緊繩拴在後腦勺，這樣眼鏡就會緊貼上鼻樑而不是壓在它的上面產生疼痛。反正幾乎我能想到的都想到了，就是心裏不太踏實，不知道是否正確。

忽然間感覺自己好多想法和做法十分的幼稚和可笑，還請博士賜教，謝謝。

順頌

醫祺！

Belle

Belle 你好，我當然記得你，同時非常感謝你的反饋，你做得非常好，下面是我的一些回答，希望可以幫到你，同時後續還有甚麼問題可以盡情電郵給我。由你的情況描述，加上我對你的了解，像你這情況應該是眼鏡框架不合適造成的。因為你原有的眼鏡是在未進行徒手矯形時配的，而且寬緊與鼻托是合適的，但通過徒手矯正鼻骨後，鼻子形狀與高度皆改善了，所以配戴原來的鏡框，便感到不適。故最簡單的方法就是跑到去你相熟的眼鏡舖處，從新調節眼鏡鼻托與鏡架，那你便戴得舒服又安心了。徹底的改善方法，莫過於改善視力，從此與近視、遠視、老花和散光拜拜，就不用再被眼鏡牽住走。

方法很簡單，就是針灸、內服中藥佐以頻率電磁療，便能改善視力，我自己都是看板，由三百多度近視，百多度散光，到現在只餘左、右眼各五十度近視，自覺輕鬆又瀟灑。

徒手整形後如何消除鼻樑留痕

現在用眼睛工作的人愈來愈多，戴眼鏡的人也愈來愈多，隨着眼鏡度數的增加，鼻樑上眼鏡的壓痕也深了起來。如果出去約會或者遊玩，不想戴框架眼鏡，而鼻樑上又出現了壓痕，那多難看啊。加上徒手整形後、好不容易挺拔起來的鼻樑又怕被眼鏡壓痕破壞，多可惜啊？把眼鏡的壓痕去掉，成了愛美的我們必須注意的問題，下面就來解決一下吧！

✖ 眼鏡問題

壓痕形成的普遍原因是眼鏡下方撐鼻樑處的兩個塑料托葉老化變硬，而我們又沒能及時發現並更換。所以建議一年換一次，不要等到它們變色變硬，給你的鼻樑刻上印後才想起來換。其次，當然是因為徒手處理鼻樑後，鼻樑挺起，而眼鏡沒有及時調整。再者，眼鏡度數高的話，鏡片也會相應的變沉重，再加上眼鏡本身的重量，所以在選擇眼鏡上也很有講究。現在鏡框的樣式有很多，為了消除壓痕，應該盡量選擇框架輕的，推薦半框鏡架或者無框架的眼鏡架，材料最好選擇樹脂的，鏡片材料也最好選擇樹脂的較為輕便。

✖ 佩戴隱形眼鏡

壓痕是戴框式眼鏡留下的痕跡，如果是戴隱形眼鏡就不會有壓痕了。為了減輕鼻樑的負擔，可以時常地更換隱形眼鏡佩戴，這樣有助於緩解鼻樑所承受的壓力，又能改變形象。一般兩天戴框架眼鏡，一天戴隱形，交替進行，慢慢的壓痕就會變淺的。當然，為了愛護眼睛，隱形眼鏡還是不要太長時間配戴；因為隱形眼鏡容易磨損眼睛，給角膜造成損傷，所以，還是要以框架眼鏡為主。

按摩與眼睛保健操

對壓痕部位可以適量地做按摩或者做眼睛保健操。鼻樑上戴眼鏡的位置很疲勞，一天被眼鏡壓着，血液流通不好，所以才容易形成壓痕。因此一有時間我們就可以按摩一下鼻樑處，把眼鏡摘下來，用拇指和食指稍用力按壓眼睛兩則的鼻樑處，直到感到微微發熱為止，也可以做眼睛保健操，對視力也有好處，一箭雙雕，一舉兩得。

使用眼霜

一般人常常以為眼霜只能塗擦眼部，其實鼻子也可以用的。建議用些眼霜，每天早晚輕揉塗抹，可以緊致皮膚，使壓痕加快的消失。

用熱水敷

每天晚上倒些熱水，放入毛巾，然後扭到半乾，將熱毛巾敷眼睛兩則壓痕處，讓鼻樑的血液循環開動，有助於壓痕的消除。

鼻子的調整方式

俗話說：臉部一枝花，全靠鼻當家。鼻子位於五官正中央，決定着五官的均衡，是真正彰顯一個人的氣質和美麗的部位。看富在鼻，鼻子也是一個通財旺夫的部位。

鼻子代表人的中青年階段，代表執着的程度，內心善良與否，自我的觀念，理財的能力，疾病，從鼻子還可以看到女人的婚姻和財富，男人的事業工作與財富，可見鼻相的好壞也會影響人的運程。

鼻子一塌，毀所有，最重要的是塌鼻子會讓臉部顯得特別大，也就是臉形不僅沒有立體感，看上去臉都是平平的，就像一張大餅一樣不太美觀。同樣的臉形，塌鼻子、大鼻頭都會讓臉看起來更寬更扁平，相反，挺俏的鼻子則讓臉變得更立體，更精細。

鼻樑的關節有鼻間縫、鼻頜縫、額鼻縫、上顎間縫，這些裂縫跟上頜骨、額骨、顴骨都有關係，所以調整鼻骨時除了考慮整體顴骨力學以外，最重要的要思考到額骨、上頜骨、顴骨三塊骨頭，這三塊骨頭與胸腔又有聯結關係，所以鼻子的調整，自然也要調整胸腔和胸椎，直接調整就是針對鼻骨進行調整，間接調整就是利用額骨、上頜骨、顴骨的槓桿力學來改變鼻骨的位置（包括鼻中膈彎曲）。

當然鼻子的調整有很多種方式：比如手術、針劑，對於一些喜歡錦上添花的愛美者，可以選擇徒手整形這種最自然、無創、安全又美麗方式。

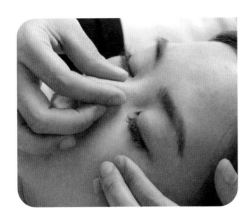

1 假性塌鼻子調整法

即顴骨外擴或者顴骨高造成的臉盤大、假性塌鼻子。一手固定顴骨，一手拇指接觸在鼻骨關節，接觸顴骨的手根據顴骨的韻律規律發力（手法輕柔），同時根據帶動鼻骨的拉力，接觸鼻骨的手感受拉力順勢發力。

2 顴骨與額骨對側相對調整

利用顴骨和額骨對側加壓，在調整的過程中利用相對的力帶動鼻骨自行調整。

 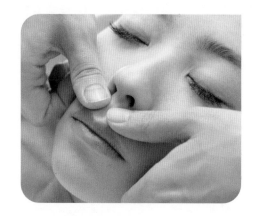

③ 顴骨調整法

顴骨因為與上頜骨直接相連，所以調整鼻骨可以從顴骨調整。

④ 上顎骨調整法

矯正上顎骨是矯正鼻中膈彎曲最好的方式，所以上顎骨成為矯正鼻骨重要的方式之一，雙手接觸到上顎間縫的兩側，感受骨骼的運動，利用下壓的力量帶動上顎骨也帶動鼻中膈。

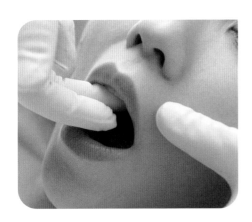

5 口內調整法

雙手戴上薄膜手套，食指和中指伸入口
內，放於顎正中縫，當異常時，會感受
一高一低，大姆指與大魚際肌肉手放在
口外上顎間縫的對側，相對用力，順勢
調整。

顴骨按摩矯形

古時的顴骨面相種類

從面相角度來看，顴骨位於臉的中部，眼睛下邊微微凸起的橫骨。它主要通過與鼻、額部和頰的關係來形成三角趨勢，共同主導人的命運。同時顴骨高低、飽滿與否會影響個人的運勢。顴骨高聳和顴骨塌陷都是不符合面相標準的，相書有云：「女人顴骨高，殺夫不用刀」，意思是說臉部顴骨過高的女人，很剋夫，所以忌諱顴骨高、寬、露骨。

下面分類看看這幾種影響面相的顴骨類型，僅供參考，不可過於迷信而對號入座。

顴骨過於發達尖聳：固執己見型

顴骨過於高聳的面相，因為做事會反復挑剔而不能出手，精於手段，所以一生多貧窮。顴骨過於發達的人，單從臉部看上去就給人霸氣的感覺。而他們也的確有這種個性，常固執己見，虛張聲勢或顯得自負是他們的特色。

在工作上，也不願意接受他人的忠告，總是認為自己的方式方法就是正確的，這一點不利於個人發展！而且他們有心高氣傲、故作清高的表象。不過，無論如何，他們的才氣也是他們最好的擋箭牌，儘管如此，但也是會得罪人！當他的命運行至這一部位時，可說是達到了一生命運的頂峰狀態，一定會跌落下來，而且此種人的晚年十分孤獨。

顴骨低陷：志行不高、陰謀詭計型

顴骨低陷的人，老謀深算，心機頗深，他們外表志氣不夠高遠，甚至讓人感覺有點懦弱無能，缺乏活力，為人表面死板，行為僵化，但是談吐往往很有見地，雖然行

動遲緩、膽識與能力有限，但卻是一個幕後高手，善於使心計，能夠算計人。

顴骨塌陷的人，個性上略有自卑的傾向，有野心但是魄力不足，對自己的要求也不高，責任心和統御能力沒有，為人善變，所以一生沒有甚麼權力，會隨波逐流來渡日。會為了生計而一生勞碌，事業少成。

✿ 顴骨隆起：鬥志十足型

顴骨隆起飽滿的面相，為人鬥氣十足，喜歡管閒事，一生操心到老。顴骨豐隆是有領導氣勢的面相！雙顴豐圓隆起的人，個性收放都較自如、不卑不亢、有膽識、有才華及平衡感，志行高潔，能付重任，自然有領神的氣勢。性格方面一向樂於助人，喜歡照顧別人。女性顴骨突出者，傾向於男人味，而經常以行動來取代男性的職責。屬於忍耐型，而鬥志、氣力十足，常有「大鵬展翅限天低」的感覺。

✿ 顴骨豐聳：手腕靈活、善於鑽營型

顴骨豐滿微微聳起的，這種面相的人做事幹練，處世有手段，而且手腕靈活，善於必躬屈膝，能屈能伸，最終達到自己的目的。

顴骨微微凸起，樣子不是很好看，能力卻不弱！況且頰骨豐滿而毫無庇紋的人，其權力與聲名可說是兼而有之。有膽識與能力，光明磊落，辦事爽朗明快，坦坦蕩蕩，很有魄力的一個人，其人必會鶴立雞群，出人頭地。

這種人頭腦很聰敏，能見機行事，做職員，是可以獨當一面的優秀職員，而且作風潑辣，辦事利索，有條有理，有快刀斬亂麻之手段。遇到挫折、麻煩和不正確的批語意見，也能沉住氣，不灰心，不怨天尤人，能頂着困難和逆境而上，一心做好事情，但是真正能夠達到此境界的人並不是很多。

現代美容審美的「三庭五眼」

當我們與陌生人第一次見面的時候，對方的五官是否整齊好看，往往是我們對這個人的第一個印象，如果對方長得漂亮，讓人覺得舒服，那我們對他的評價也會高很多。相反，如果一個人的臉給人五官不協調、僵硬的感受，那我們對他的印象就會大打折扣。

而其中的秘訣，則不得不說起「三庭五眼」的黃金比例。它是一個美術術語，三庭指臉的長度比例，把臉的長度分為三個等分，從前額髮際線至眉骨，從眉骨至鼻底，從鼻底至下頦，各佔臉長三分之一。五眼，指臉的寬度比例，以眼形長度為單位，把臉的寬度分成五個等分，從左側髮際至右側髮際，為五隻眼形。

在人體臉部審美視角和情趣上，古中醫學家不但早就發明了標準化的定位，而且還蘊含着時尚的元素。例如，古代論著《寫真古決》中，就描述了「三庭五眼」的標準比例關係，這在人體審美中有着重要的價值意義，古代人物畫使用的也是「三庭五眼」的臉部器官定位法，也被稱為「黃金分割法」，如今還廣泛運用於現代的美容外科手術設計之中。

凹面：臉部的凹面包括眼窩（即眼球與眉骨之間的凹面）、眼球與鼻樑之間的凹面、鼻樑兩側、顴弓下陷、頦溝和人中溝。
凸面：臉部的凸面包括額、眉骨、鼻樑、顴骨、下頦和下頜骨。

由於人們的骨骼大小不同，脂肪薄厚不同及肌肉質感的差異，使人們的臉部形成了千差萬別的個體特徵。臉部的凹凸層次主要取決於面、顴骨和皮膚的脂肪層。當骨骼小，轉折角度大，脂肪層厚時，凹凸結構就不明顯，層次也不很分明。當骨骼大，

轉折角度小，脂肪層薄時，凹凸結構明顯，層次分明。凹凸結構過於明顯時，則顯得稜角分明，缺少女性的柔和感。凹凸結構不明顯時，則顯得不夠生動甚至有腫脹感。因此，化妝時要用色彩的明暗來調整臉部的凹凸層次。

如今，在「三庭五眼」的基礎上出現了一個更為精確的標準，各個部位皆符合此標準，即為美人，具體如下：

眼睛的寬度，應為同一水準臉部寬度的 3/10；下巴長度應為臉長的 1/5；眼球中心到眉毛底部的距離，應為臉長的 1/10；眼球應為臉長的 1/14；鼻子的表面積，要小於臉部總面積的 5/100；理想嘴巴寬度應為同一臉部寬度的 1/2。

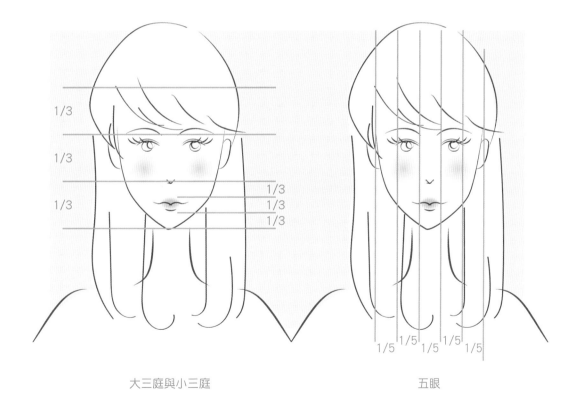

大三庭與小三庭　　　　　　　　　　　　　五眼

其實，好看不好看，一看便知道，誰都不可能拿着尺子去測量的。古醫根據比較穩定的表面解剖標誌，確立了臉部「三庭」定位法，包括大三庭、小三庭、側三庭。

大三庭：是將臉部分為三等份──髮緣點至眉間點、眉間點至鼻下點、鼻下點至頦點，如果這三部分基本相等，即為美的比例。

小三庭：是將面下部三分之一區域分為三個等份：鼻底至口裂點、口裂點至唇溝正中點、唇溝正中點至頦點，當這三部分基本相同，亦為美的比例。

側面三庭：是以耳屏中心為圓心，耳屏中心至鼻尖的距離為半徑，向前畫半圓形弧；再以耳屏中心向髮緣點、眉間點、鼻尖、頦前點畫四條線，將臉的側面劃分為基本相同的等分，形成的夾角為三個近似三角形，若夾角之差少於 10° 為美，頦最突點恰巧落在弧線上即為美容頦。

五眼：是指臉部寬度在眼睛水平線上應具有五個眼的寬度，從左右外眥至兩眼、兩眼內眥的間距，如果這五個部位都幾近相等，即稱得上美的比例。

後人還在起源於中醫「三庭五眼」定位法的基礎上，不斷加以延伸運用，這一方法對於做臉部器官整形手術定位及設計掌握都有着指導意義，所以一直被美容外科領域沿用至今。

當然，古人的臉部審美，除了臉部「三庭五眼」定位法外，還包含着我國傳統美學的色彩，例如「精氣」、「形神」、「意象」、「合和」、「盡善」等美學範疇。符合「三庭五眼」審美標準的代表人物包括章子怡、陳紅、趙薇、舒淇。

對於顴骨高的人來說，也有以上的煩惱。如果是男生顴骨高還好點，我們最多說那個男生長得比較有男子氣概，英氣逼人，而且，如果稍微臉胖一點，顴骨也就不會那麼明顯。

但女生就沒男生那麼隨便了。如果女生的顴骨過高，會給人一種男性化的感覺，整個人會有較強的冷漠感，失去了女性的溫柔和嫵媚。再加上，中國自古代，就有高顴骨的女生會剋夫的觀點，高顴骨的女性在嫁入夫家後，如果婆家的人開明還好，如果家裏人相信面相的話，對高顴骨的女生也會造成比較大的傷害。那麼到底高顴骨有沒有辦法恢復正常呢？我們先從理論上來認識一下臉部這塊重要骨頭——顴骨。

髮緣點

眉間點

耳屏中點

鼻尖點

頦前點

側面三庭

顴骨結構

顴骨是面顱骨之一，位於臉中部前面、眼眶的外下方，菱形，形成面頰部的骨性突起。**顴骨共有四個突起，分別是：額蝶突、頜突、顳突和眶突。**顴骨的顳突向後接顳骨的顴突，構成顴弓，是人臉部重要的部位，而顴弓位於面顱骨的兩側，呈向外的弓形，上緣較銳利，易於捫及。它主要通過與鼻、顳部和頰的關係來影響臉部美。

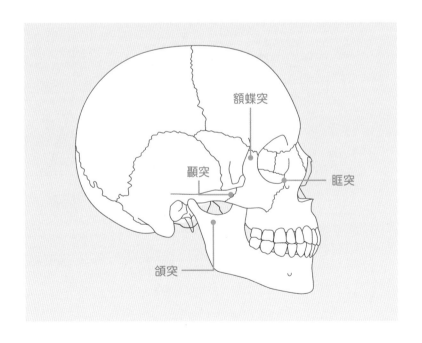

額蝶突

顳突

眶突

頜突

顴骨的生理功能主要有三個，一是保護作用，這兩個結構位於臉部兩側最突出的部位，外力從側面打擊臉部時，起到對上頜竇和顳肌，外側壁的保護作用。第二個功能是構成臉中部兩側的外形輪廓，其大小和形狀的不同在很大程度上影響着臉部的外形輪廓和外觀，因此改變其形狀和凸度可明顯改變臉部的外形。第三個功能是對深層的顳肌和淺層的皮膚起到分隔的作用。當我們吃東西的時候可以注意到兩側顳部在動，但不會注意到兩顴弓處的皮膚在動，其實顳肌走行於顴弓的下面。當各種原因引起顴弓缺失時，就會在吃東西的時候注意到外耳道前方的皮膚由其深層的顳肌帶動在活動。顴骨是我們臉形最重要的組成部分之一，顴骨過高或者過寬都會影響整個臉部的形象，按摩撫顴骨是健康而科學地瘦臉方式。

✖ 導致顴骨高的原因：

- 一出生顴骨就很突出。
- 平時睡覺的時候，經常在一邊倒着睡覺，壓着臉顴骨處了。
- 上班時，中午吃飯的時候，趴在桌子上就會把顴骨壓着，無形中就是把顴骨推高。
- 疾病和外傷也會引起顴骨高的。

如上述所說，顴骨在臉上有着很重要的位置，它是臉中部的重要骨性支撐，是人體臉形輪廓的重要構成部分。其高低不僅影響着臉形，也會影響着人的神態。因為顴骨高會顯得線條非常生硬、缺乏女人味，常給人一種兇狠、憔悴的感覺，會影響臉部的協調和美感。而過高的顴骨使顳部（太陽穴）和面頰顯現的凹陷，整個臉形呈六角形或倒五角形，又會給人憔悴、蒼老的感覺。所以，對女生來說，顴骨太高，會使她們的對外形象大打折扣，因為顴骨過高，會破壞臉部的整體感觀。

那麼問題來了，如果顴骨較高，有甚麼辦法可以解決呢？有些愛美女士可能會想到去韓國進行削骨手術，通過手術將突出的顴骨磨平一些；但這種瘦骨方式不僅價錢高，同時風險大，甚至會付出生命代價，一般人都不大輕易嘗試，即使腰纏萬貫、一擲千金的人恐怕在生命面前也會退縮吧？

人的第一印象都是通過臉部特徵來打分的，而顴骨好壞直接影響這臉部的整體的美觀，既然手術風險那麼大，聰明的人可能會想到通過化妝將高顴骨化得看起來小一點，或者是通過改變髮型，將顴骨遮住，這

種方法見效很快，也沒有多大風險，但就是沒有改變顴骨過高的現實。想想，夜深人靜時，摘下所有的首飾、裝飾，卸了所有的妝容，素顏對着鏡子裏那個真實而高顴骨的天然容貌時，會是怎樣的一種自卑？

還有一種就是本書介紹的徒手整形法，即是給顴骨按摩，將顴骨變低，這種方法不用動手術，讓顴骨變小不再是夢，讓你實現柔情女子夢來一場華麗麗的轉身，變小顴骨做一個人見人愛的小女人，那麼要怎麼給顴骨按摩才有效呢？

顴骨按摩處理方法

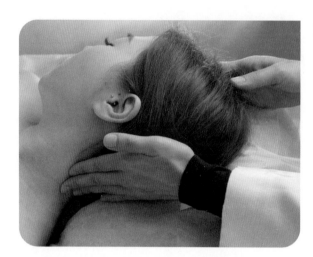

1 首先用兩手的手指順着脖子後的脊椎骨由下向上輕輕按推到髮際位置。記得一定要沿着脊椎骨的方向，力度不能夠太重，否則容易受傷。

2 用兩手的手掌掌腹位置以畫圈的方式按摩眉毛上方的部位，可配合按摩油使用，效果更佳，記得並不是按摩臉部肌膚，而是用陰力按摩到臉部的骨骼，每次 3 分鐘。

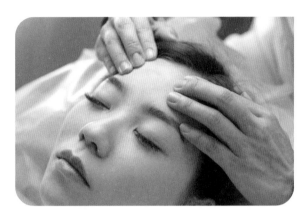

③ 然後用兩手的手指在額頭部位進行橫向按摩，目的是減輕額頭處的抬頭紋，以及紓緩額骨及其表面軟組織。

④ 在顴骨稍下方，用食指、中指和無名指三根手指的指腹進行左右按摩，每次3分鐘。

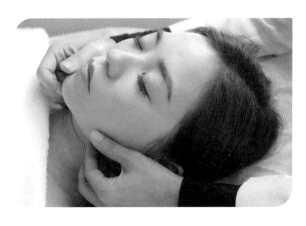

⑤ 將下巴的肌肉分為左右兩部分，先用右手的大拇指進行左右按摩，然後換一隻手，用左手的大拇指進行同樣的按摩，這樣來回按摩3分鐘。

顳骨按摩矯形

顳骨位於頭顱兩側，為顱骨底部和側壁的一部分，它分為三部分，包括顳鱗、鼓部和岩部。顳鱗呈鱗片狀，前部下方有顴突，與顴骨的顳突形成顴弓。顴突後端下方有下頜窩，窩的前緣隆起叫關節結節。

鼓部是圍繞外耳道前面、下臉部分後面的骨板。

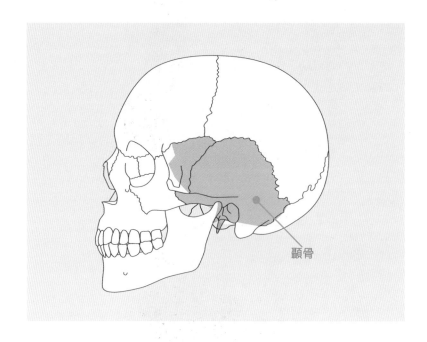

顳骨

岩部有三個面，尖端朝向前內側，前上面中部有一弓狀隆起，其外側為鼓室蓋，靠近錐體尖處，有三叉神經壓跡。後上面近中央部分有內耳門。下面對向顱底外面，近中央部有頸動脈管外口，在錐體尖處形成頸動脈管內口；外口的後方為頸靜脈窩。窩的外側有細而長的莖突和乳突，二者根部有莖乳孔。乳突內有空腔叫乳突小房，上方較大，叫鼓竇（乳突）。顳骨與頂骨相接，前方與蝶骨、顴骨相接，後方與枕骨相接，參與形成顱中窩、顱後窩，內側面與大腦、小腦緊密相鄰。本按摩法利用骨頭與骨頭之間靈活變動的縫合線，進行輕微的調整來改善頭面骨部的凸凹不平、錯落無致的現象。

❗ 術語解釋

縫合線，是存在於顱骨之間的關節緣。由結締組織分隔，縫合關節連接在伴缺血性韌帶組織上。1956 年，普理查等人發現在縫合關節連接五個不同層次和定義複雜關節內的分佈。他們發現，關節骨表面最初覆蓋了一層薄薄的扁平的成骨細胞被稱為形成層，其上部是一層纖維組織層，稱為囊層。另外兩層是縫合線外緣的骨膜的一部分，它們穿過縫合線作為骨膜層，縫合線的內側邊緣表面與硬腦膜結合。中間層疏鬆排列的纖維結締組織填充兩個囊袋之間的空隙：中間層含有薄壁的血管，在纖維基質中根深蒂固。

現代醫學將骨縫分為八個基本類別

鋸齒狀縫線

這些縫合線以鋸齒狀突起覆蓋骨關節邊緣的骨邊緣而著稱。例如，矢狀縫的鋸齒狀尖端允許縫合關節交界處的自由移動。

齒狀線

這些縫合線像被牙齒狀的東西覆蓋以致典型地擴大接近它們的終端。這種模式通常是在人字縫發現，擴大起到互鎖關節縫，穩定縫合離斷的作用。

鱗狀線

這些線的特點是重疊的關節面位於頂葉和顳骨之間，它們的特點包括：

- 一個光滑的骨內重疊的外斜面。
- 骨外重疊的斜面內表面。注意關節的基本光滑度沒有突出的結構。

✖ 異組織縫合

這些線是重疊的傾斜的表面，覆蓋有鋸齒狀突起，一如發現沿冠狀縫關節結移動。其特點包括：

- 一個從額縫延伸出來的鋸齒狀突起。
- 邊緣的底層繼續傾斜的表面。

✖ 平面線

這些線與相鄰表面簡單的並列結構。然而，它們表面光滑，往往是有限的、很少的粗糙或不規則形態提供防扭轉小組可能產生關節錯位。例如，沿頜縫。

溝縫：一個溝縫的特點是槽骨有脊，例如在蝶骨和犁骨之間。

嵌合關節：這些關節的特點是纖維枘和穴位鏈接。它們主要存在於牙齒與上頜骨和下頜骨的關節之間，包括：

- 上頜骨的骨表面的穴位。
- 磨牙牙根釘。

✖ 軟骨結合

這些關節是由軟骨組織組成的，在軟骨顱裏發現，這種關節與蝶枕鏈接。

具體按摩方法

1 為了充分打開顳骨與顴骨之間的關節處，首先用兩手的食指和中指放在顳骨處，施加一定的水準壓力（即分離力），將顳骨往外側即後枕處推（或方向朝向頂骨的上顳骨線）。動作每次進行 10 秒。每邊重複 5 次。
原理或效果：由於骨頭接縫的互鎖凹槽和交替的斜面重疊，使得顳骨和顴骨的接合處顳顴弓互相錯開，而兩個骨的互鎖性導致顴骨突起，影響面容相貌。為了釋放或鬆解顳骨和顴骨關節（即使顳骨從顴弓處解鎖），釋放這種關節的阻力最小的路徑起源於顳骨和顴骨的顴弓上的縫隙。從側面看，顳骨和顴骨側縫合線類似於兒童的操場滑道。因此，按摩矯形方法就是沿着該滑道進行來回推動，目的是分離縫線的鋸齒狀關節，方便與顴骨重新進行組合。

❗ 注意事項

按推的過程中，要求用手腕的力量帶動操作部位，配合呼吸有節奏地平衡操作。力度應由輕到重，逐漸增加。用力的輕重，應考慮被按摩者的舒適程度。切記力度不能太重，更不能使用蠻力以防止顳骨臉部受損。

2 將顴骨弓和顴骨往鼻尖推，使顴骨和顳顴弓的縫線重新接合，使突出的兩骨所在之處變得光滑有彈性。動作每次進行 10 秒。每邊重複 5 次。

原理或效果：頭顱是由若干塊獨立的頭骨完美地拼接而成的，頭骨之間終身都存在縫隙（無論嬰兒或成人）。這 8 塊相互獨立的頭骨，剛好如同地球的八大板塊，縫隙也就好比地球八大板塊之間的「地殼活動帶」，不但可以反映出體內的狀況，而且也是外來力量傳遞到體內最直接的途徑。而重新接縫的接觸點比用於釋放縫線的接觸點複雜得多，而且更直接；因此推動、按摩的過程中務必要細心並且持之以恆。

3 用食指和中指兩根手指的指腹在顴骨、顴骨和顳顴弓處（尤其是顳骨和顴骨之間的顴顳縫）進行左右重複來回按揉，每次 3 分鐘，每邊重複 5 次。

原理或效果：這種手法之目的是平衡顴骨與顳顴弓的錯位或高底不平，使其變得柔和、潤澤，還可起到舒筋活骨、使皮膚具有光澤的作用。

❶ 注意事項

因眼部下面皮膚較嫩，故用手指在皮膚表面往返按揉的過程中，動作應緩慢，要有節奏地進行，切不可以忽快忽慢，要均勻適度與力度。

下頜骨按摩矯形

數年前曾有一位藝人在下頜角手術中，導致術位大出血，血液通過其喉部進入氣管，造成窒息，經轉院搶救無效身亡的新聞，多麼美好的青春年華就這樣結束了；回想當時是多麼怵目驚心，又是多麼痛的領悟。時下，每當打開報章、雜誌或網絡，我們都會看到不少整形廣告介紹，像瘦身、隆胸、隆鼻、面骨切除甚至現在流行的 V 臉微整形手術可謂層出不窮，數不勝數。

這些所謂的「社會潮流」、「趨勢」，嚴重影響廣大群眾對美麗的價值觀，令一大班無辜求美人士趨之若鶩；甚至真的有人「賣血賣腎」、赴湯蹈火、前赴後繼也在所不惜。面對這些形形色色、非常態追求美的社會風氣，看着那些無辜的花樣年華的女孩子被弄得一塌糊塗，我常常為她們感到遺憾，甚至有些捶胸頓足、痛心疾首的感覺。因為我覺得作為醫生，我們有責任讓病患者能夠在零風險的環境下恢復健康，追求美麗。我們愛美，其實最終還是要讓自己健健康康地和親朋好友一起過上幸福美好的人生，如果連追求美都要付出生命的代價，那麼這樣的追求美麗的道路還有甚麼意義呢？

所以，大概從那時開始，我就已經有了寫這本書的想法。一方面，我希望可以結合自己的中醫學專業知識和技能幫助讀者，在追求美麗的人生道路上，有科學根據和切實可行的方法；另一方面更重要的是，我希望以此令廣大讀者擁有正確追求美麗的態度。誠然，「愛美之心人皆有之」，而中國傳統文化裏又有「身體髮膚，受之父母，不敢毀傷，孝之始也。立身行道，揚名於後世，以顯父母，孝之終也」的忠告，我們不一定要為了追求那虛渺、虛榮的所謂「完美」而傾家蕩產，開刀削骨，甚至賠上性命。世間上十全十美的東西是只在乎角度與量度的分岐，沉魚落雁、閉月羞花也有她「紅顏薄命」的遺憾，所以我們應該在量力可行的前提下，讓自己在健康的前提下，追求美麗。於是，就有了這本書的誕生。本書共分為三章，結合我二十多年的臨床醫學經驗，加上一些患者在接受治療過程中出現的問題進行調整和著書的初衷——令讀者在健康安全的前提下追求美麗，綜合成一本切實可行的臉部骨骼「徒手整形」，從而讓你可以健康、輕鬆地擁有美麗的臉龐。

有關下頜骨

人的顱骨是由 23 個骨頭組成，隨着年齡的增長、生活的使用，骨骼和骨骼間縫隙會出現增大或頰窄，並且見左右臉不對稱，若果本身顴骨偏高，下頜骨較寬，便導致臉部骨骼突兀，臉部線條缺乏柔和。本書通過專業的整骨復位手法，把骨骼間的縫隙復位變小，顴骨降低，下頜骨收窄，讓整個臉部骨骼變小，讓你科學地改善高顴骨、寬下顎、鼻扁寬的問題。

下頜骨是臉部的重要骨骼組成，由於下頜骨在髁狀突頸部、下頜角部、頦孔部、正中聯合部等處的結構比較薄弱，故外傷時常易發生骨折，這足以證明下頜骨是面顱唯一可活動的骨骼，其形狀、大小和位置對於個體是否有一個協調美觀的臉形起了重要作用。此外，隨着年齡增長，人體不可避免地進入衰老階段。衰老的表現可由多方面體現，其中最受關注的便是臉部，而臉部的變化，又以臉部下三分之一的形態最富有色彩，最能體現個性，故與容貌美的關係亦最為密切，是影響整個容貌的特徵性部位。

下頜角是兩側升支與下頜體的結合部，隨年齡的增長而變化。其形態又因年齡、性別、人種及下頜骨本身形態不同而有差異。男性下頜角較女性小，歐洲人的下頜角較亞洲人為小，下頜角的大小也是骨性錯牙咬合的重要特徵之一。

下頜角

下頜骨

下頜骨徒手整形的案例

案例 1

客戶姓名：Lily，29 歲

一個愛美愛生活的博士生，臉形偏方，或者說臉比較闊大，平時特別關注瘦臉的問題。通常我們說人的臉形大，或是脂肪較多，或是骨頭偏大，而 Lily 的問題是屬於骨頭偏大，尤其是下頜骨中的下頜角。她聽聞可以通過下頜骨調整術和按摩咬肌的方法來改善臉形（變成瓜子臉），正在疑惑是否通過按摩（或者按壓咬肌）可以瘦臉。

案例 2

匿名客戶

患者需求：使臉部變得有精神，靚爆鏡

調整效果：顴骨縮窄 0.5cm，下頜骨收窄 1cm，下巴變尖，顯得有精神。
臉部下頜骨有些肥大，但不是很突出，平時看着還過得去，
但拍照就明顯變大餅臉了，即使不上鏡，還是顯憔悴。

案例 3

客戶姓名：游小姐

患者需求：顴骨、下頜骨較寬，臉形較方

調整三次效果：顴骨收窄 0.8cm，下頜骨一共收窄 0.8cm，方臉完美蛻
變成小 V 臉。

案例 4

客戶姓名： Ida

患者需求： 國字臉，俗稱大臉妹

調整效果： 調整一個月後，方臉明顯改善，資料表明下頜骨收窄 1.3cm，終於擺脫大臉妹的稱號。現在，她還會繼續堅持，爭取像「范爺」的錐子臉。

案例 5

網紅客戶

患者需求： 需要五官更精緻

調整效果： 下頜骨收窄 0.8cm，臉形更精緻。

要解決這些問題，我們先來看看臉部變寬變方的原因吧。導致下頜骨肥大的原因可能是肌性、脂肪和骨性的：

✖ 肌性、脂肪

就是肌肉肥大或鬆弛，即是脂肪過多或過鬆，通常很多人會採取瘦臉針來解決，瘦臉針就是大多說的肉毒素。肌肉和脂肪是臉變寬變方的元兇之一，與顴骨下頜骨相對應，臉變寬變方所涉及到的肉肉主要是蘋果肌和咬肌。注意，蘋果肌並非肌肉，而是顴骨前的一塊兒倒三角狀的脂肪組織。只是因為做表情時會隆起，看起來像圓潤有光澤的蘋果，所以叫「蘋果肌」，飽滿的蘋果肌會讓人看起來有少女感、年輕化，但蘋果肌過於突出也會讓臉部整體看上去比較寬。蘋果肌對於臉寬的影響是間接的，隨着年齡的增長，蘋果肌受到地心引力的影響會下垂，這種下垂，會讓人的顴骨和下頜骨更突出而使臉部整個變寬了，從而使人「露出廬山真面目」的感覺。

蘋果肌

咬肌

其次，咬肌就是真正的肌肉，它附着於下頜骨之上，要感覺咬肌的存在，你可以將手放到腮幫子上，用力咬緊牙關、再鬆開、再咬緊、再鬆開，在動的那塊兒肌肉就是你的咬肌。咬肌過於發達，會讓人的腮幫子特別大，臉下半部分特別寬特別方，視覺效果上和下頜角外擴很類似。有人會問：「是不是年輕時方臉，年老時大骨會縮水呢？」隨着年齡的增長，人體的衰老，臉部的下垂，臉部會變得愈來愈寬、愈來愈方的。因此，恭喜你選擇了這本書，認清這些現象，及早進行保養和調整，把每一天過得充實而開心，才是切合實際的。

✖ 骨性

骨性肥大，這是使臉部變寬變方的根本原因。我們知道，臉部的骨骼有很多塊骨頭，決定我們臉部是寬是方還是尖削的，恰是顴骨和下頜骨。更確切一點來說，是顴弓和下頜角，即是顴弓愈外擴，臉的上半部分就愈寬；下頜角愈外擴或外偏，臉的下半部分就愈寬。

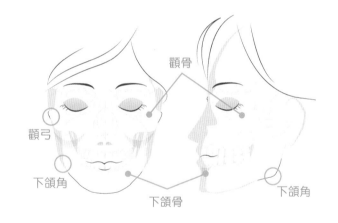

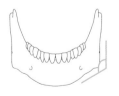

方臉

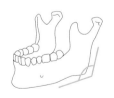

完美的下頜角

故下頜角的外擴往往伴隨着下頜角角度的變化，也就順便決定了你的臉有多方。如圖所示，藍線標出的角度愈接近 90 度，你的臉就愈方，完美的下頜角弧度在 120 度到 125 度。P.143 博士女生就是屬於這種情況。

下頜骨臉形

根據不同的顴弓和下頜角組合，我們可以分為以下幾種類型：

✖ 顴弓不外擴 + 下頜角不外擴 = 立體瘦臉

藍線標出的紅線表示臉部的弧度非常圓潤完美，荷里活許多女星就是這種臉形。

顴弓外擴＋下頜角不外擴＝錐子臉

范冰冰的臉形是典型的錐子臉。

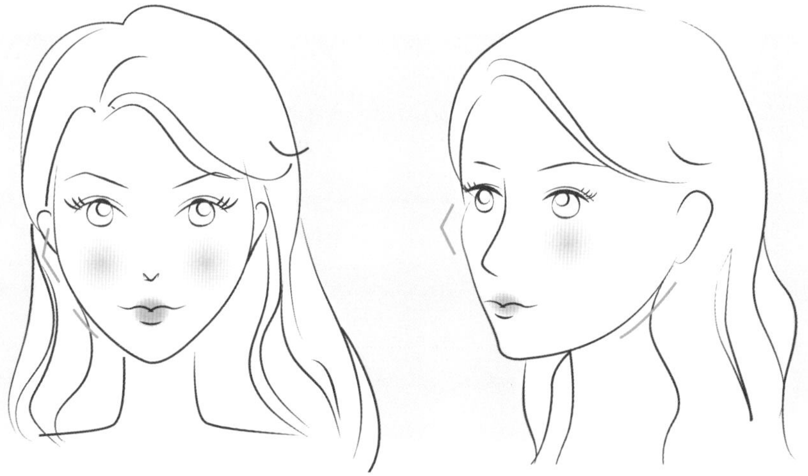

顴弓不外擴＋下頜角外擴但不超過顴弓＝小方臉

如孫儷。

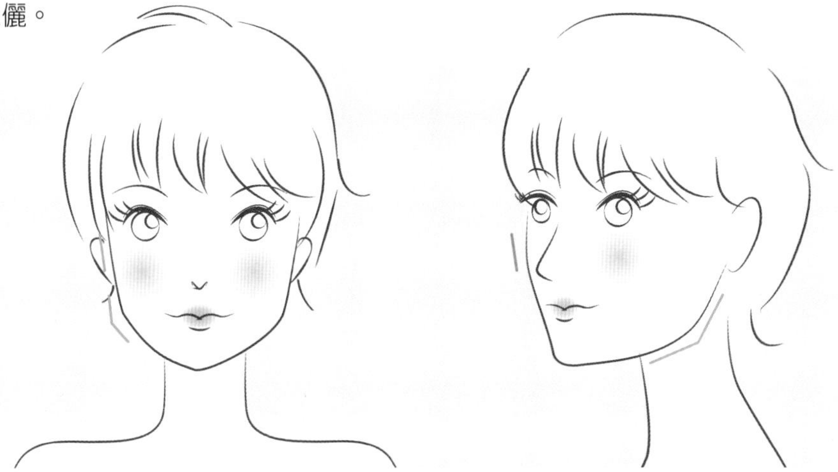

✖ 顴弓外擴 + 下頜角外擴但不超過顴弓 = 大方臉

✖ 三格都突出的話則成了梨形臉

由以上臉形，我們可以體會到人們常說的「美人在骨不在皮」的真正含義了。知道顴弓和下頜角對於臉寬與臉方的關係，下面我們來看看年齡的增長與這兩塊骨頭的發育到底有怎樣的關係。

我們知道，人的生長發育集中在青春期，顴骨和下頜骨的發育高峰期在 11 至 17 歲（男孩子會比女孩子略推遲 2 至 3 年）。在這期間，我們的顴骨會有一定程度的變高外擴。而下頜骨更是瘋狂生長，導致下庭顯著變長變寬，整張臉的臉形都會發生改變，俗稱「長開了」；如我們俗知的一些明星在剛出道時臉形有點方，隨着歲月的流逝下巴變尖就有這種成長因素在裏面，當然不排除有的是後天加工，但大多數人的下頜骨在青春期會變得稍微寬點。

造成下頜骨寬的原因

說到這裏，我們不禁要問，大家都是一個娘胎出來的，何解有的人愈長愈成「白富美」，而有些變方變醜呢？一方面，這跟遺傳基因有關，父母或家族的下頜骨扁而寬闊，基本上孩子的臉形也不會太小，另一方面，還跟在青春期間吃東西的習慣有關，如我們會發現，一些貧窮落後的地區出來的孩子的臉形就顯得比較方闊，這是因為他們小時候飲食和生活習慣受父輩或周圍環境影響，加上家境貧窮落後，沒有太多工具開東西，就只好用牙齒尤其是咬肌一側的牙齒咬，長期以往，當接觸比較硬的東西時便會更容易刺激下頜骨生長，導致臉變得更方。

說到這，有不少讀者又會問：「咦？但我見大都市有些人也同樣有這樣的臉部缺陷問題喔，怎麼回事呢？」原來這與都市人的生活工作習慣有關。我們知道，都市人平時生活節奏快，工作壓力大，精神長期處於緊張狀態，很多時會出現不自覺的身體行為，例如：日間咬牙，夜間磨牙等；又或者喜歡咬口香糖、習慣進食果仁、硬物、豬肉乾等零食，這樣都會令下頜骨鈣化和外擴，使下頜關節移位或半脫位，或附着的韌帶鈣化等。除此之外，一些不良的生活習慣如托頭、夾電話、習慣側睡、揹大手袋和頸椎病等都會造成大細面。所以無論是正在看書愛美的你，抑或正處於青春發育期的你，還是想讓自己、甚至下一代擁有嬌小玲瓏的臉形，就一定要稍加注意啦！

那麼，青春期之後，人的骨骼是否還會繼續生長呢？答案是肯定的，即青春期後期至成人期，骨骼還有一定程度的發展、發育。從醫學的角度來看，只要生長激素分泌在起作用，人的骨骼就在生長；當然，相較青春期，成年之後的骨骼生長發育就會變得緩慢起來。還有一點值得注意的是，此時因生長激素引起的骨骼生長並不會真的令人增高，而是會引起其他類型頭骨如下頜骨和顴骨的生長。

對於以上所指導致臉形變寬的女生來說，削骨磨腮手術的風險實在太大了；因為骨性的問題是最難解決的，是一個大動干戈的工程。針對脂肪引起的方臉，我們可以用手指法的按摩或按壓等物理方法，刺激調節兩頰的軟組織，在按摩作用下，原本受壓迫束縛的組織恢復了鬆弛狀態，恢復了本來的自然迴圈，經絡達到疏通後，就能有效排出多餘水分，達到瘦臉的效果。透過本書所分享的推拿按摩術，可以增加血液的迴圈，和紓緩肌肉緊繃同時有通經活絡之效。對於下頜骨外擴的情況，我們要在怎樣的科學理論結合下進行準確而有效的按摩，使下頜骨在不用開刀或做風險手術的情況下也起到立竿見影的效果呢？

有的。事實上，如果下頜角過寬，給人造成的方臉效果一定會影響外觀。從醫學美容角度看，下頜角到耳根這個部位的距離不能太大，最好是在 1cm 到 2cm 之間。如果下頜角角度過小，接近 90 度，而且耳根到下頜角距離過長時，這時候國字臉就產生了，側面會顯示出笨重的骨骼，正面會呈現正方形臉龐。想要通過按摩來達到瘦臉的目的，橫空出世的本書正是在這種情況下誕生的。

有着數十年臨床經驗的徒手整形法認為，人體的骨骼都是有間隙的，我們臉部的骨骼也不例外，徒手整形的實質是要利用手法調整骨塊的形態，鬆開骨與骨之間的間隙，將骨塊形狀調整，將移位的骨架調到原來正確的位置，改善臉部不協調、不對稱的情況，這樣使用不同的手法對骨塊和骨與骨之間及周圍的軟組織進行調整，並配合針對性的功能鍛煉，促使臉部軟硬組織的功能性整塑，從而取得臉部外觀最佳輪廓美。

推薦使用 BEAUTY23 按摩油，主要針對天生顴骨高、寬、下頜骨寬大和先天或後天形成的臉部寬大，為各年齡段愛美人士私人訂製的。它攝取天然精華液，有提高臉部肌膚新陳代謝，柔滑滋養，形成柔美的面頰曲線，還可以參與輪廓膜化骨更新過程，結合按摩手法，反復使用能讓收緊臉部輪廓，達到臉部肌膚緊致的效果，其原理是其中含有高濃度軟骨分子和大量活性元素充分滋潤臉部結締組織細胞，增大骨骼密度，減小骨細胞間距，讓高出的臉骨逐漸平滑，達到柔滑臉部線條的效果。

1 進行下頜骨按摩前，需均勻塗抹一層按摩霜作為潤滑的介質，然後進行一系列下頜骨的放鬆運動，其中❷和❸的運動還適合經常用電腦的人士，幫助緩解辦公室頸椎病。

❶ 輕輕咬住嘴唇，嘴巴略微張
開，照鏡子檢查自己的牙齒
是否對齊：看門牙是否靠前，
上下的虎牙是否保持一致。

❷ 用同樣的方法把頭歪向另一
側，同樣保持 10 秒。

❸ 合起嘴巴，略微抬高下巴，
把頭歪向一側，保持 10 秒。

2 接着用拇指、食指、中指將下顎部的皮膚以輕柔的力度向上推按，並以剪夾方式按摩下顎骨尖端。

3 手從下顎中央至耳朵方向運作，利用第二關節指頭，以推壓下顎骨，左右各 3 分鐘。

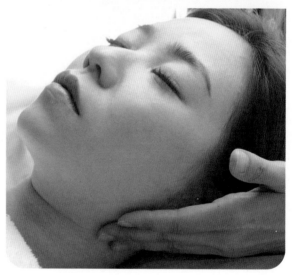

4 從下頜角開始到下頜骨着手，也就是抬頭時下巴與脖子交匯處。沿下頜骨的骨側邊緣，從左至右、由下往上。

具體細節：

- 四指併攏，指尖朝上，大拇指放在下頜骨與肌肉交接之處、下頜骨邊緣。

- 指壓時，輕輕地往上按壓即可。在一收一放、一緊一鬆之間，促進肌肉的緊實，並達到增強淋巴迴圈的功能。

5 把雙手的食指和中指放在咀嚼肌的下方部位
（下頜關節）。手指姿勢保持不變，慢慢張嘴、
閉嘴，重複進行 10 次。

❶ 注意事項

- 清洗臉和手。檢查指甲內是否有雜質，
  手指甲不宜過長。

- 事實證明，邊看鏡子邊採取盡量舒適的
  姿勢進行按摩，除了有暗示自己堅持的
  意念，還可以讓自己自信起來，效果更
  佳。

- 進行施壓按摩時，不宜用力過大或長時
  間進行，要把握有點疼但自我感覺良好
  的程度。